여왕님 뜻대로

사건이 끝난 후에

여왕님 뜻대로 외전
–사건이 끝난 후에

여자 나이 25살이 넘으면 철 지난 크리스마스 케이크입네, 여자 나이 30살이 넘으면 상장폐지입네, 따위의 말은 그다지 좋아하지 않는다. 뭐, 다들 그렇겠지만.

하지만 본인이 아무리 그렇게 생각한대도, 가족과 지인들의 생각까지 그러라고 강요할 수는 없었다.

"사업이 늘 잘되는 건 아니지만."

엄마의 강요에 떠밀려 나온 선 자리는 생각보다 나쁘지 않았다.

"그래도 내 가족이 돈 걱정 없이 편하게 살 수 있을 만큼은 벌고 있습니다."

차분하게 말하는 상대를 응시하며, 혜란은 생각에 잠겼다.

연애를 안 해본 것은 아니다. 사랑이라는 감정을 믿지 못하는 것도 아니다. 어릴 땐 풋풋한 첫사랑도 해봤고, 나이가 들어서는 썩 호감이 가는 남자를 만나 연애도 해 봤다.

하지만 그뿐이었다.

죽고 못 살 것 같은 감정은 익숙함과 더불어 사라진다. 이름만 떠올려도 설레는 마음은 지루함으로 바뀐다.

능력 좋은 혜란에게 자격지심을 갖게 된 남자는 도저히 이해할 수 없는 짜증을 냈고, 또 어떤 남자는 '너는 좋겠다, 난 못 하겠는데.'따위의 말로, 혜란을 짜증 나게 만들었다. 능력 좋은 어떤 남자는 혜란이 가진 직업 자체를 무시하기도 해서, 남자란 동물이 아주 귀찮아졌다. 옆에 있어도, 없어도 그만인 것이 남자였다.

"혜란 씨는 즐거우신가요?"

상대의 질문에 정신을 차렸다. 이름이 주남현이라고 했던가? 말끔하고 단정한 인상에 키도 크고 패션 센스도 나쁘지 않았다. 사시사철 야구점퍼를 입고 다니는 누구누구와는 비교도 할 수 없다.

'내가 왜 그 인간이랑 이 남자를 비교해야 돼?'

혜란은 머릿속에 떠오른 한선을 얼른 털어 냈다.

"즐겁다라…… 글쎄요. 제가 좋아하는 일을 하고 있으니까, 즐겁다면 즐거운 거겠죠."

"다행이네요. 좋아하는 일을 직업으로 삼으면 그 순간부터 스트레스가 된다는 사람들도 많던데."

남현은 친근하고 유려하게 대화를 이끌어나갔다. 퉁명스럽게 제 할 말만 하는 누구누구와는……

'아니, 그 인간이랑 이 남자를 비교하지 말자고!'

혜란은 남현이 눈치채지 못하게 속으로 한숨을 내쉬었다.

선 자리에 나온 이유는 엄마의 강요 때문만이 아니었다. 한선을 털어내기 위해서였다.

사적으로 보는 일 없었으면 좋겠다고 말한 후, 한선은 정말 연락을 하지도, 찾아오지도 않았다. 혜란은 한선이 재인을 사랑할 때 얼마나 졸졸 따라다녔는지 알고 있다. 재인이 아무리 오지 말라고 애원해도, 한선은 그녀의 곁에 착 달라붙어 있었었다.

그가 재인에게 하는 행동과 자신에게 하는 행동을 비교할 생각은 없는데, 자꾸 비교하게 되었다. 말 한 마디에 진짜 연락을 안 하다니.

이런 걸 비교하는 자신도, 다른 점을 알고 지끈거리는 마음도, 그런데도 사라지지 않는 감정도, 전부 짜증이 났다. 머릿속에 맴도는 키스의 기억을 송두리째 들어내고 싶었다. 그래서였다. 선을 보겠다고 수락한 것은.

"저는 혜란 씨가 마음에 듭니다."

커피숍으로 옮겼을 때, 남현이 단도직입적으로 말했다.

"혜란 씨 생각도 알고 싶은데…… 혜란 씨에게 전 앞으로 한 번쯤 더 만나도 괜찮은 남자인가요?"

혜란은 남현의 말끔한 얼굴을 지그시 응시했다.

어떨까, 이 남자? 한 번쯤 더 만나고 싶은 사람일까?

살인 사건 현장은 그야말로 지독했다.

한선은 잠시 현장을 벗어나고 싶었다. 피비린내와 썩는 냄새가 코를 마비시킬 것 같았기 때문이다. 하지만 옆에 서 있는 성현이 꿈쩍도 하지 않으니, 형사 자존심 때문에라도 먼저 자리를 피할 수가 없었다.

등장하는 순간부터 심상찮은 표정이었던 성현은, 여전히 뚱한 표정으로 현장을 노려보고 있었다. 제대로 현장을 확인하는 건지 의심스러웠다.

"어이, 민 교수."

기다리다 못한 한선이 그의 어깨를 툭 쳤다.

"응?"

"너, 뭔 일 있냐?"

"맞아, 형. 나에게는 뭔 일이 있어. 아주 큰일이지."

성현이 기다렸다는 듯 대답을 해서, 한선은 괜한 것을 물어봤다고 후회했다. 그냥 사건에 대한 이야기나 할걸.

"나가자, 형. 이런 데서 할 이야기는 아냐."

"나 일하는 중이거든?"

"지금 일이 문제가 아냐."

"연 9천만 달러를 벌어들이는 유명작가한테는 일이 문제가 아니겠지만 박봉인 나에게는……."

"이 사건은 해결됐어. 나가는 길에 범인을 알려 줄게. 이주학 형사님한테 말해 두면 되는 거지?"

하여간 얄미운 녀석이다. 재벌 집안에, 연 9천만 달러를 벌어들이는 직업에, 단숨에 사건을 해결하는 능력에, 잘생기기까지 하다니. 대체 이놈에게 없는 것이 무엇일까, 고민을 하다가 '개념'이라는 것을 깨달았다.

민성현은 개념이 없다! 하지만 그 답을 알았다고 해서 기분이 나아지진 않았다. 개념이 없는 본인보다는 그 주변인물들이 피곤해지는 법이기 때문이다. 바로 지금처럼.

커피숍에 들어가자마자 시원한 에어컨 바람이 두 남자를 감싸주었다.

숨이 턱턱 막힐 만큼 더운 날씨였기에, 한선은 아주 잠깐 성현에게 고마운 마음을 품었다.

성현은 아이스코코아를 시키더니, 보기만 해도 달 것 같은 초콜릿 케이크와 티라미스를 추가했다. 저에게까지 단 것을 먹이려고 하기에, 한선은 서둘러 아이스 아메리카노를 주문했다.

두 사람은 주문한 차와 케이크를 가지고 구석에 자리를 잡았다. 에어컨 바람이 정면에서 불어오는 자리였다. 성현은 눈을 가늘게 뜨고 에어컨 바람에 몸을 맡겼다. 바람이 그의 머리를 흐트러뜨렸다. 광고라도 찍는 것처럼 그러고 있던 성현이 문득 입을 열었다.

"바람이 차, 형."

"그럼 이 자리 말고 다른 자리에! ……앉으면 되잖아, 이 자식아."

언성이 너무 높아졌다는 것을 깨닫고 뒤늦게 목소리를 줄였다.

"이 자리의 조명이 딱 마음에 들거든."

"그럼 바람이 찬 건 참든가."

"난 택일을 해야만 하는 상황이 달갑지 않아. 특히 지금처럼 큰일에 대해 상의를 해야 할 때는, 모든 조건이 충족되는 환경이었으면 좋겠어."

"그래서 어쩌라고?"

"에어컨 위치를 옮겨줘."

한선은 고민했다. 한 대 치려고 하는데, 어느 부위를 쳐야 가장 아프다고 느낄까? 한선의 눈빛이 심상치 않음을 느낀 성현이 포크를 들며 중얼거렸다.

"마음이 너무 무거워서 그래. 형이 좀 이해해 줘."

성현이 이런 식으로 우는 소리를 하는 건 처음이었다. 한선은 부글부글

끓는 분노를 억눌렀다.

"무슨 일인데?"

"재인이가 요새 나랑 안 놀아줘."

어떡하지? 이놈을 번쩍 들어서 패대기치고 싶은 이 충동을, 어떻게 억눌러야 하지? 한선은 주먹을 꽉 쥐었다. 한선의 넓은 어깨가 부들부들 떨렸다. 그걸 아는지 모르는지 성현이 뿌루퉁한 표정으로 중얼거렸다.

"옛날엔 나하고만 놀았었는데."

뚝— 한선의 인내심이 끊겼다. 한선은 날뛰었고, 성현도 날뛰었다. 커피숍의 알바생과 사장에게 쫓겨난 후에도, 둘은 날뛰었다.

"넌, 진짜 맞아야 돼, 이 새꺄!"

"아, 형은 형이 돼서 동생이 침울해하는 것도 이해를 못 해 줘?"

"난 일을 하는 중이었다고! 일 모르냐, 일? 엉? 국민의 세금을 받아가면서 열심히 일을 하는 중이었다고! 그런데 끌고 나와서 하는 소리가 뭐? 아오! 이 자식을 진짜!"

"하지만 정말 심심하단 말이야! 재인이 때문에 교수직도 포기했는데, 놀아주지도 않고!"

"그럼 그 빌어먹을 집필이라도 하든가! 왜 말짱히 일하는 사람을 찾아와서 이 지랄이야, 지랄이!"

"형밖에 없으니까! 날 상대해 줄 사람은 형뿐이니까!"

"아니라고! 난 널 상대하고 싶지 않다고!"

두 사람이 미친 황소처럼 난리를 치는 동안, 재인은 은수의 진찰실을 향해 걷는 중이었다.

"오늘도 가는 거야?"

"네, 오늘도요."

"매번 이러면 성현이가 자기랑 안 놀아 준다고 삐칠 텐데."

"에이, 설마요."

"설마가 아냐. 그놈은 삐치고도 남아. 그리고 네가 생각도 못 한 기상천외한 방법으로, 널 괴롭게 만들 거다."

은우의 확신어린 선포에 재인은 오싹해졌다. 누구보다도 성현을 잘 아는 친구의 이야기이니, 아마도 맞을 것이다.

"역시 그럴까요?"

"응. 그놈은 자기 자신이 제일 소중하거든. 너야 좋은 의도로 이러는 거겠지만, 그놈은 그렇게 안 받아들일걸. 한…… 2살짜리……."

"어린애요?"

"아니, 2살짜리 개라고 생각하면 돼."

친구에게 '개'로 평가받는 성현이 그다지 불쌍하게 느껴지지는 않았다. 그동안 한국에 있던 은우와 대화할 기회가 많았는데, 성현이 그를 얼마나 괴롭혔는지 생생하게 전해 들었기 때문이다.

"개는 귀엽기라도 하지."

은우가 중얼거렸다.

"개한테 미안해지네."

또다시 덧붙였다.

"하여간 이런 것도 좋긴 하지만 성현이한테도 주의를 기울여주는 게 좋을 거야. 그놈이 널 괴롭게 하진 않겠지만, 주위의 다른 사람들을 어마어마하게 괴롭힐걸."

정확한 지적이었다. 두 사람은 모르지만, 성현은 한선을 한껏 괴롭게 만드는 중이었다. 한선은 성현이 없는 곳이라면 지옥이라도 편할 거란 생각을 하고 있었고.

"오빤 미국에 언제 돌아가세요?"

"몇 년 정도 한국에 있을 생각이야."

"미국에서 하셨던 일은 괜찮고요?"

"응, 뭐. 어떻게든 되겠지. 일단 한국에서 와달라는 곳도 있고."

은우가 아무래도 좋다는 듯 중얼거렸다.

재인은 외출을 하다가 성현을 찾아온 은우와 마주친 터였다.

"그런데 성현이는 어딜 간 거야?"

"류 형사님한테 가지 않았을까요? 제가 약속 있을 땐 꼭 류 형사님을 괴롭히러 가거든요."

"아아, 그렇군."

중얼거리는 은우를, 재인이 빤히 응시했다. 은우가 인상을 찌푸렸다.

"왜 그렇게 봐?"

"서운하세요?"

"뭐가?"

"민성현 씨가 은우 오빠가 아닌 류 형사님을 선택해서."

"그런 말도 안 되는 짐작은 자제해 줄래?"

"저는 짐작 안 하는 거 아시잖아요."

재인이 빙그레 웃으며 말했다.

"아아. 재인아. 네가 나와 에디의 사이를 좀 오해하는 것 같은데, 나는 에디가 끔찍하게 싫어."

"그러시군요."

"아니, 전혀 믿어지지 않는다는 표정으로 고개를 끄덕이진 말아 줄래?"

은우가 몸서리를 쳤다.

재인은 더 이상 은우를 괴롭히지 않고 살짝 고개를 들었다. 6월 말의 하늘은 시리도록 푸르렀다. 손을 넣으면 찰방찰방 소리를 낼 것만 같았다.

두 달 전, 성현의 어머니와 만나 대화를 나눴고, 쫓겨났다.

"그렇게 지낼 수 있지 않을까요?"

재인의 질문에 조 여사는 한참 동안 대답하지 않았다. 얼마나 지났을까. 해가 저물고 늦은 밤이 되어갈 무렵이 되어서야, 조 여사가 말했다.

"돌아가도록 해요."

그날은 쫓겨나듯 집에 돌아왔다. 하지만 이튿날부터 재인은 스스로 조 여사를 만나러 갔다. 조 여사는 문을 열어 주지 않았지만, 매일 그렇게 찾아간 결과 2주 전부터는 집 안에 들어갈 수 있게 되었다.

성현은 그렇게까지 할 필요 없다고 말했다.

"어머니는 불안한 상태야. 언제 폭발할지 몰라."

그래서 재인은 대답했다.

"내 눈엔 당신이 더 불안해 보여. 당신은 언제 미칠지 모르는 상태잖아."

담담한 지적에 성현은 말도 못하게 충격을 받은 표정을 지었지만, 재인은 무시했다.

"그럼 난 여기서 택시 타고 가야겠다."

전철역 앞에서 은우가 말했다. 재인은 그가 저를 데려다주기 위해 일부러 전철역까지 걸어왔다는 것을 깨닫고는 살짝 고개를 숙였다.

"감사합니다."

은우는 별일 아니라는 듯 가볍게 손을 흔들고는 택시를 잡아탔다. 그를 태운 택시가 떠난 후, 재인은 전철역으로 내려갔다.

"너도 참 끈질기구나."

조 여사의 말에 재인이 싱긋 웃었다.

"어머님도요."

"버르장머리 없긴."

조 여사는 곱지 않은 말투를 사용하긴 했지만, 재인을 정말로 상처 입힐 만한 말은 하지 않았다. 게다가 투덜거리면서도 항상 차와 다과를 준비해 주었다.

"성현이 오빠는."

조 여사의 앞에서는 성현을 '오빠'라고 지칭했다. 재인은 그를 '오빠'라고 부를 때마다 팔뚝에 소름이 돋아서, 표정관리를 해야만 했다.

"오늘 아침에 해장국을 먹었어요."

"그래?"

조 여사는 관심 없다는 듯 중얼거렸다. 하지만 재인은 그녀가 성현의 이야기를 듣고 싶어 한다는 것을 알고 있었다. 성현은 아직도 본가에 들러 조 여사를 대면하지 않은 상황이었고, 조 여사 역시 그런 성현을 불러들이지 않았다. 둘 다 만만찮게 고집이 세다.

"지금은 아마 류 형사님을……."

"그 녀석 얘기는 이제 됐다."

조 여사가 성가시다는 듯 말했다.

"그건 그렇고 넌 여자애가 옷이 그게 뭐니?"

조 여사가 재인의 옷차림을 지적하는 건 처음이었다. 재인의 눈이 커졌다.

"성현이가 옷 한 벌 안 사주디?"

"아뇨, 그런 건 아닌데……."

"그런 꼴로 우리 애랑 같이 다니면, 우리 애 품격이 떨어져 보일 거란 생각은 안 해본 모양이구나."

"아, 그게……."

"아무래도 안 되겠다."

조 여사가 일어났다. 재인은 멍하니 그녀를 올려다봤다.

"뭐해, 일어나지 않고?"

"네?"

"백화점이나 한 바퀴 둘러보고 오자. 계속 그런 꼴로 우리 애랑 다니게 둘 수는 없으니까."

재인의 표정이 밝아지는 걸 본 조 여사가 인상을 찌푸렸다.

"그렇게 좋아할 거 없어. 아직 널 인정한 건 아니니까."

"아직이라는 건, 언젠가는 인정해 주실 거라는 거네요."

얼른 일어선 재인이 조 여사의 뒤를 따라가며 말했다.

"말꼬투리 잡지 마라. 버르장머리 없어 보이니까."

뒤따라오는 재인은 보지 못했지만, 그렇게 말하는 조 여사의 얼굴에는 옅은 미소가 떠올라 있었다.

한선의 얼굴에 짙은 그늘이 드리웠다. 그는 벤치에 구부정하게 앉아, 잡힌 지 오래된 붕어 같은 눈으로 허공을 응시하고 있었다. 얼마나 그러고 있었을까. 한선이 중얼거렸다.

"내가, 대체 왜, 네놈이랑, 데이트 코스를, 밟고 있는 거지?"

한선의 옆에 앉아 아이스크림을 먹던 성현이 유쾌한 목소리로 답했다.

"그거야 재인이가 나랑 안 놀아 주니까."

"내가 재인이……!"

울화통을 터뜨리려던 한선은 그래 봐야 소용없다는 사실을 떠올리곤 크게 숨을 몰아쉬었다. 습관적으로 담배를 꺼내는 한선의 손목을, 성현이 꽉 붙잡았다.

"놀이공원에서는 금연이야, 형."

그랬다. 장신의 건장한 두 남자는 함께 놀이공원을 즐기는 중이었다. 아니, 즐기는 것은 성현 뿐, 한선은 왜 일이 이렇게 돌아가는 건지 알 수가 없었다.

"예고를 하나 하지."

한선이 낮은 음성으로 중얼거렸다.

"넌 조만간 내 손에 죽을 거야, 민성현."

"그럼 나도 예고 하나 할까?"

"아니."

"이대로 있으면 형은 1년 후에 분명 후회하게 될 거야."

"1년 후? 아니, 난 널 알게 된 그 순간부터 후회의 연속이거든? 그래, 더 후회하기 전에 우리의 관계를 끝내자. 처음부터 모르던 사이로……!"

"쉿."

성현이 검지로 한선의 입술을 꾹 눌렀다. 한선은 '이 미친놈이!'라는 표정으로 성현을 노려봤다. 성현이 부드럽게 웃었고, 한선은 정말이지, 놈의 얼굴을 한 대 날리고 싶어 견딜 수가 없었다.

"형, 알잖아. 시간을 되돌릴 수는 없다는 거. 우리는 서로 모르는 사이가 될 수 없어."

지금까지 들은 말 중에 가장 끔찍한 소리다.

"그리고 내가 말한 건 형과 내 관계에 대한 후회를 말하는 게 아냐."

"그럼 뭔데?"

성현의 손목을 거칠게 쳐 낸 한선이 옆에 내려놨던 콜라를 집어 들며 물었다.

"형과 정 박사님의 관계."

툭— 들고 있던 콜라를 떨어뜨렸다.

뚜껑이 열려 진갈색 콜라가 쏟아지는 것을, 멍하니 바라봤다.

"정 박사님은 아주 매력적인 여자야. 이대로 있으면 누군가 휙 채갈걸."

"네가 뭔 소리를 하고 싶은 건지 모르겠는데. 난 정 박사랑……."

"키스를 한 사이지."

"키스 한 번으로……."

"정 박사님 이야기가 나오자마자 손에서 힘이 빠지는 감정을 갖고 있기도 하고."

"이건 그 여자가 무서워서……."

"왜 이래, 형. 형은 누군가를 무서워하는 성격이 아니잖아."

성현이 씩 웃으며 뻣뻣하게 굳어 있는 한선의 볼에 살며시 손을 댔다. 가까이에 있는 성현의 얼굴을 보며, 한선은 생각했다.

'난 네놈이 너무너무 무섭거든?'

"자, 형. 솔직하게 말해 봐. 형이 내 고민을 들어줬으니까, 이번엔 내가 형의 고민을 들어줄게."

"필요 없어."

"틀린 대답이야, 형. 이런 경우는 좀처럼 없거든. 기회를 놓치지 마."

"그거 다행이네. 두 번 다시 경험하고 싶지 않으니까."

한선은 성현의 손을 거칠게 걷어냈다.

"하여간 네놈이랑 단둘이 이런 데서 놀고 싶지 않으니 집에 가자."

"뭐야, 형. 여자가 없으면 놀지 않는, 그런 남자였어? 여자를 꼭 옆에 끼고 놀아야 돼?"

"네 멋대로 생각해라."

화를 낼 기운도 없었다. 대체 이놈은 왜 이렇게 오지랖이 넓은 걸까? 오지랖은 넓은 개념실종자는 사람을 지치게 만든다. 한선은 그 어느 때보다도 본인의 일을 열심히 하고 싶어졌다. 성현을 상대하느니, 가장 싫어하는 보고서 작성을 하는 게 나을 것 같다.

"하지만 걱정하지 마, 형. 나는 준비성까지도 철저하거든."

"아아, 그러냐? 그거 참 대단하네."

건성으로 대꾸하는 한선에게, 성현이 의기양양한 미소를 지으며 말했다.

"형을 위해, 여자를 준비했지."

"아아, 그거 참 고맙……… 뭐라고?"

뒤늦게 의미를 깨달았다. 벌떡 일어난 한선이 부리부리한 눈으로 성현을 노려봤다. 성현은 순진무구한 척 눈을 깜빡거리고 있었다.

아아, 어쩌지? 경찰 배지를 잃더라도, 이놈만큼은 어떻게 해버리고 싶다. 이 세상에서 없애버리지 않으면, 내가 먼저 사라지게 될 거야.

어떻게 해야 가장 고통스러운 방법으로 성현을 없앨 수 있을지 고민하고 있을 때였다. 한선의 뒤에서 생각지도 못한 여성의 음성이 들려온 것은.

"한선이 오빠?"

두 남자와 한 여자가 츄러스를 하나씩 손에 들고 벤치에 나란히 앉아 있었다. 한선과 성현, 그리고……

"여기에 수영이를 부른 이유가 뭐냐, 대체?"

수영이었다.

"저도 제가 왜 여기에 와 있는 건지 모르겠네요."

츄러스를 먹으며 수영이 중얼거렸다.

"걱정 마, 형. 나는 형이 2대 1이라는 성비율을 마음에 안 들어 할 줄 알았으니까. 그럴 줄 알고 한 명 더 불렀지. 곧 올 거야."

"대체 내가 언제 성비율 문제를 따졌냐? 엉? 수영아, 내가 모르는 새에 우리의 멤버의 성비율에 대해 투덜거리기라도 한 거냐?"

"그러게요. 저 아저씨는 귀에 거름종이를 붙이고 다니나 봐요. 지가 듣고 싶은 것만 듣고, 지가 듣기 싫은 말은 제멋대로 해석하더라고요."

"잠깐 여기서 한 가지 짚고 넘어가자. 우리는 리플레이를 해볼 필요가 있어."

라고, 성현이 말했다. 그의 음성은 무척이나 낮고 심각했다. 한선과 수영은 그가 헛소리를 할걸 알면서도 그의 음성에 집중했다.

"어째서 한선이 형은 오빠고, 나는 아저씨인 거지? 모르나 본데, 내 나이가 더 어려."

무슨 말을 하려나 싶었는데, 역시 쓸데없는 소리다.

"호칭 같은 건 내 좋을 대로 할 수 있는 거 아니에요? 이 세상이 아저씨 위주로 돌아간다고 생각하지 마세요. 아저씨가 제멋대로 구는 만큼, 나도 제멋대로 굴 권리가 있으니까."

수영이 조곤조곤 말했다. 한선은 속으로 수영을 응원했고, 성현은 눈썹을 축 늘어뜨렸다.

"수영이 너, 내가 싫어?"

"썩 좋진 않아요. 아저씨는 나랑 좀 안 맞는 것 같아."

"내 30년 평생에 그런 소리는 처음인걸."

"잘 생각해 봐요. 처음은 아닐 테니까. 분명 여러 번 들었는데도 듣기 싫은 말이라서 무시한 거 아니에요?"

"정곡이네."

라는 대답은 맞은편에서 들려왔다. 허리를 굽히고 앉아 있던 한선의 눈에, 흰색 플랫슈즈가 들어왔다. 천천히 시선을 올리자 하늘하늘한 원피스가 보였다. 라연이다.

"정곡을 찔렀어, 언니. 언니, 꽤 마음에 든다."

"한 명 더 불렀다는 여자가 너였던 거야?"

"응. 급한 일이라고, 큰일이라고 호들갑을 떨어서 일단 오긴 했는데…… 놀이공원에서 츄러스? 이게 급한 일이었던 거야?"

"그러게 말이야. 별거 아닌 일일 줄 알면서도 낚이는 내가 싫어."

"성현이 오빠가 목소리를 자유자재로 바꾸잖아. 예전엔 그게 매력적이라고 생각했는데, 지금은 그냥 귀찮기만 해."

"난 재인이가 안쓰러워."

"재인이 언니는 알아서 잘 할 거야. 이런 인간한테 걸려들 만큼 녹록한 여자는 아니니까."

자신이 부른 두 여성에게, 성현은 사정없이 공격당했다. 한선은 통쾌했다. 그래, 성현의 천적을 알게 되었다. 앞으로 성현이 귀찮게 굴 땐 이 두 여자를 부르면 되겠다.

"놀이공원에서 츄러스를 먹자고 부른 거라면, 난 그만 갈래."

라연이 매몰차게 말했다.

"아니야. 정말 큰일이 있어."

"뭔데?"

"재인이가 요새……."

"오빠랑 안 놀아준다고? 어머님 마음 풀어드리느라?"

끄덕끄덕. 성현이 고개를 끄덕였다.

"오빤 진짜 멍청해. 재인이 언니로서는 어머님 마음을 풀어드리는 게 오빠한테도 좋을 것 같아서 노력하고 있는 거잖아."

이번에는 수영과 한선이 열심히 고개를 끄덕였다.

"그러면 오빠도 언니랑 같이 나서서 어머님 마음을 풀어드리려고 노력하면 되는 일 아냐? 어머님 무섭다고 도망친 주제에, 우리들 불러서 징징거리고. 정말 민폐가 따로 없다니까."

"리젤. 너 진짜 차갑다. 원래 이렇게 차가운 여자였나?"

"오빠에 비하면 따뜻한 거지. 하여간 오빠가 칭얼거리는 거 받아 줄 만큼 시간이 남아돌진 않아."

"그래, 그렇다면 너희를 부른 진짜 이유를 이야기해 주지."

성현이 다시 은밀한 목소리를 냈다.

"한선이 형이 사랑 고민을 하고 있어."

"호오."

"정말로?"

매정하게 돌아서던 라연과 그녀를 따라 일어나던 수영이 동시에 한선을 돌아봤다. 두 여자의 반짝거리는 눈동자를 정면에서 마주한 한선은 생각했다.

'어디로 가야 잘 도망쳤다고 소문이 날까?'

한선은 경찰청에서 버스로 20분 떨어진 거리에 살았다. 10평짜리 오피스텔로 월세였고, 방음이 잘되지 않았다. 낡기로 따진다면 동래아파트보다 훨씬 심했고, 여름이면 곰팡이 냄새까지 올라왔다.

에어컨은 있지만 전기세가 많이 나올까봐 잘 틀지 않았고, 겨울에는 난방도 하지 않았다. 한 마디로 표현하자면 조금도 아늑하지 않은 집이다.

그럼에도 오늘따라 집이 편안한 이유는, 하루 종일 세 악마에게 시달렸기 때문이리라. 집에 들어가자마자 창문을 활짝 열고 방바닥에 드러누웠다. 조용하다. 그리고 아늑하다.

"혜란 언니 정도면 일등신붓감이긴 하지. 엄청 동안이지, 귀엽지, 능력도 있지. 혜란이 언니 좋아하는 남자들, 줄을 섰을 거야."

"혜란이 언니는 남자한테 관심 없지 않아? 저번에 만났을 때 내가 아는 사람 소개시켜주려고 했는데, 별 생각 없다는 듯이 말하더라고."

"하긴. 능력 있는 여자는 혼자 사는 게 더 편하다는 얘기가 있잖아. 결혼해 봐야 손해라고."

"맞아. 결혼해야 손해지. 애 낳으면 몸 망가져, 시가에서는 '시'자가 붙었다는 이유로 며느리 무시해, 남편은 집안일이랑 육아 같이 안 해…… 뭐 하러 결혼하겠어?"

"그래도 넌 괜찮지 않아? 너네 집안쯤 되면 시댁에서 무시하는 일은 없을 거 아냐?"

"뭐, 나야 그렇겠지만…… 혜란이 언니는 다르니까. 그 언니 입장에선 결혼이며, 연애 같은 건 귀찮기만 할지도 모르지."

수영과 라연은 제멋대로 떠들어 댔다. 한선의 연애상담을 해 주려는 건지, 있지도 않은 '시댁' 욕을 하려는 건지 알 수 없을 정도였다. 모르는 사람이 들었으면 유부녀들의 대화라고 생각했을 것이다.

"하지만 여기서 따져볼 건, 혜란이 언니가 한선이 오빠한테 키스를 했다는 거야."

"맞아. 아무리 취했다고 해도 아무 남자한테나 키스를 할 리가 없잖아.”

“어쩌면 혜란 언니도 모르는 틈에 한선이 오빠한테 마음을 주고 있었을지도 몰라.”

두 여자가 동시에 한선을 쳐다봤다. 믿어지지 않는다는 듯이.

어쩌라고. 한선은 짜증이 치밀었지만 꾹 참았다. 그런 시선을 이해하지 못하는 건 아니다. 아니, 오히려 아주 잘 이해하고 있어서 탈이다.

사시사철 야구점퍼만 입고 다니는 남자, 박봉에 위험한 직업을 가진 남자, 뒷배도 없는 남자, 학벌도 그저 그런 남자. 최악의 남자라는 평가를 받아도 할 말이 없다.

‘나도 알지.’

한선은 눈을 감았다. 혜란의 얼굴이 떠올랐다. 작고 갸름한 얼굴 안에 오밀조밀 자리를 잡은 이목구비. 강아지처럼 동그란 눈과 양 갈래로 땋은 머리.

‘정 박사는 멋진 여자야.’

항상 생글생글 웃는 낯이라 무슨 생각을 하는지 알 수 없어, 대하는 것이 어려웠다. 그래도 혜란이 대단한 여자라는 것만큼은 알고 있었다. 성적인 농담을 던지는 범죄자의 앞에서도 움찔하지 않는 담대함을, 혜란은 지니고 있었다.

‘좋은 남자를 만날 자격이 있어.’

연애나 결혼에 대한 환상은 버린 지 오래였다. 재인을 사랑할 때에도 쉬이 다가서지 못한 이유는, 강력팀 형사라는 직업 때문이었다. 동료 형사들의 연애와 가정이 얼마나 쉽게 깨지는지 봐 왔다.

형사의 애인이, 형사의 아내가 얼마나 외로워하고 두려워하는지도 잘 알고 있었다. 그들은 늘 자신의 연인이나 남편이 무사히 돌아올 것을 기도해야 했다.

그들도 죽고 못 살만큼 사랑하기에 연애를 시작했고, 결혼을 한 것이리라. 하지만 결국은 깨지는 경우가 많다. 그것은 누구의 잘못도 아니었다.

"나는 정 박사가 안정적인 직장을 가진, 유능하고 다정한 남자를 만났으면 좋겠어."

수영과 라연의 수다를 듣다 못한 한선이 딱 잘라 말했고, 두 여성은 한심하다는 듯한선을 보며 중얼거렸다.

"뭐야, 한심하게."

"안 멋있다, 진짜."

안 멋있는 거 안다. 그러나 한선은 성현처럼 멋대로 밀어붙일 용기가 없었다. 아니, 혜란과의 아름다운 미래를 꿈꿀 수가 없었다.

혜란의 마음을 아주 모르는 건 아니었다. 혜란을 마지막으로 만났을 때, 휴게실에서 그녀의 행동. 한선이 아무리 둔하다 해도, 그녀의 행동이 뜻하는 바를 모를 정도는 아니었다.

알기에 피할 수밖에 없었다. 큰마음은 아닐 것이다. 그날 키스를 하고 얼떨결에 생긴 마음이겠지. 친구가 어느 날 문득 남자로 보이는, 그 정도의 마음. 때때로 설레기는 하지만, 어느 날 문득 사라질 마음.

'빨리 없애, 정 박사. 내가 깜짝 놀랄 만큼 멋진 남자를 만나버려.'

혜란의 옆에 다른 남자가 서 있는 것을 떠올리기만 해도 심장이 욱씬욱씬 쑤셨다. 하지만 그러는 편이 나았다. 혜란이 다른 사랑을 시작해야, 그녀를 향한 마음을 거둘 수 있을 테니까. 재인에게 그랬던 것처럼.

'나와의 연애는 조금도 아름답지 않을 테니까.'

* * *

동래 아파트를 떠나지 않는 이유는 단 하나. 재인 때문이었다.

전에 살던 집에 비해 터무니없이 좁고 불편하지만, 그런 건 아무래도 좋았다. 재인이 있는 곳이라면 판잣집도 궁전처럼 느껴질 테니까.

문제는 그 '재인'이 이곳에 없다는 점이다. 성현의 어머니인 조 여사를 만난 후, 재인은 매일 같이 성현의 본가를 드나들었다.

"당신이 무서우면 그냥 거기 그러고 있어. 이번엔 내가 당신 대신에 움직일게."

괜한 노력할 필요 없다고 말하는 성현에게, 그녀는 말했다. 비아냥거리는 어조는 아니었다.

"대신에 그 두려움이 조금 가시면, 나랑 같이 어머님을 만나러 가줘. 당신에게 꿈꾸는 그림이 있듯이, 내게도 내가 꿈꾸는 그림이 있거든."

그 그림이 무엇인지, 재인은 말해 주지 않았다. 몇 번이고 물었지만 빙그레 미소를 짓기만 해서 답답했다.. 하지만 그녀를 계속 몰아붙일 수도 없었다. 성현도 그녀에게 그런 식으로 행동했던 전적이 있었기 때문이다.

'내 어머니를 질투하게 될 줄이야.'

성현은 쓴웃음을 지으며 소파에 등을 기댔다.

'나도 아직 덜 컸군.'

사랑을 하면 유치해진다는 말을 부정했었던 적도 있다. 하지만 지금 자신의 꼴을 보면, 그 말을 받아들일 수밖에 없다.

"유재인."

최근에 마음껏 부르지 못했던 그녀의 이름을 불렀다.

"대체 네가 그리고 있는 그림이 뭐지?"

어떤 걸 꿈꾸는 걸까?

"나도 같이 그리고 싶은데, 도저히 알 수가 없네."

재인이 걱정되기도 했다. 조 여사를 만나고 온 재인은,

"어머님, 좋은 분이시더라."

라고 말했다.

"아무 일도 없었어. 못된 소리를 듣지도 않았고. 굉장히…… 솔직하고 좋은 분이셔."

거짓말을 하는 것 같지는 않았지만, 자신의 판단을 확신할 수가 없었다. 재인을 사랑하게 된 후, 그녀에게 너무 집중을 하는 바람에 오히려 알 수가 없게 되었기 때문이다.

조 여사가 갑자기 심사가 뒤틀려 재인에게 모진 행동을 해도, 그것을

막아줄 사람이 없었다. 계속 만날 거라면 같이 가자고 했더니,

"아직은 안 돼. 아직은 무섭잖아."

라는 대답이 돌아왔다. 재인의 완고한 뜻을 꺾을 수가 없었다. 아버지에게 연락을 해 볼까, 라는 생각까지 했을 정도였다.

딩동, 초인종이 울렸다. 재인일지도 모른다는 생각에 황급히 현관문을 열었다. 재인이 아니었다.

"뭐야, 팀. 여왕님인 줄 알았잖아."

은우였다.

"그렇게 노골적으로 실망했다는 표정은 실례야."

라고 말하며, 은우가 안으로 들어왔다. 그는 편의점 봉지를 들고 있었다.

"요새 한국 편의점 많이 바뀌었더라. 직접 구운 빵도 팔아."

"그래, 놀랍지. 한국의 식문화 발달은 볼 때마다 신기해. 간장치킨 먹어 봤어?"

"그건 또 뭐야?"

"저녁 전이면 그거나 시킬까?"

"시간이 몇 신데 저녁 전이겠냐?"

"그럼 야식으로."

"야식을 먹기엔 너무 이르고."

"너, 그냥 가라."

성현이 투덜거리자 은우가 씩 웃으며 편의점 봉지를 흔들었다.

"시켜봐. 뭐든 먹어 봐야지. 안 그래도 맥주 사왔거든."

간장치킨을 주문하고 식탁에 마주 앉았다.

치익— 캔을 따 가볍게 건배를 했다.

“네 여왕은?”

“아직 안 돌아왔어.”

“지극정성이네.”

“그 지극정성이 날 위한 것이어야 하는데.”

“넌 이기적이고 철딱서니 없는 어린애야.”

“이거 참, 평가가 심한걸.”

“심하긴. 이 정도면 양호한 거지.”

시간은 밤 10시가 되어 가고 있었다. 재인이 조 여사를 만나러 나갔던 시간이 오후 12시쯤이니까 벌써 열 시간이나 지났다. 그래서인지 성현은 조금 불안해 보였다.

“아직도 희준이 일을 마음에 두고 있는 거냐?”

은우의 말에 성현이 쓴웃음을 지었다.

“희준이라.”

그리운 이름이다.

“오랜만에 듣는 이름이군.”

막 10대가 되었을 때에, 미국에 유학을 온 친구가 있었다. 희준이란 이름의 소년은 함께 있으면 유쾌한 친구였고, 항상 보디가드와 함께 다녔다.

“재미있는 녀석이었지.”

성현이 중얼거렸다.

“그래, 재미있는 녀석이었지.”

어디에 있든 놀이거리를 발견하는 친구였다. 같이 있으면 콜라 하나를 가지고도 여러 가지 농담을 만들어 냈다. 은우와 성현, 희준은 함께 다녔고 항상 웃었다.

"어쨌든 희준이는 목적을 가지고 네게 접근했던 거야. 어머님도 그걸 알고 있어서 불안해하셨던 거고."

"내가…… 그걸 몰랐을 거라고 생각해?"

"알고 있었던 거야?"

"그래. 그 정도는 처음 만났을 때부터 알고 있었어."

평범한 중소기업 사장의 아들. 무리를 해서 온 유학.

"처음부터 그렇게 노골적으로 인사를 해오는데 모를 수가 없잖아."

"그래, 다른 녀석들은 희준이가 게이인 줄 알았다고 하더라. 하도 너한테 대시를 해서."

성현이 피식 웃었다. 즐거워 보이는 미소는 아니었다. 희준과 어울리고 6개월 남짓 지났을 때에, 조 여사에게서 전화가 걸려왔다. 조 여사는 성현과 인사를 나눌 틈도 없이, 희준이란 아이와 더 이상 어울리지 말라고 했다.

충격이었다. 친구를 떨어뜨려 놓으려고 해서가 아니었다. 본가에서 성현의 일거수일투족을 감시하고 있었다. 그것이 성현에게 충격을 안겨주었다. 누군가의 감시를 받으며 살아가는 삶은 유쾌하지 않다. 그 대상이 부모든, 아니면 다른 무엇이든.

성현은 반발심 때문에 오히려 더 많이 희준과 어울렸다. 그리고 희준은 3개월도 되지 않아 한국으로 강제귀국하게 되었다. 조 여사의 손짓 하나로 희준 아버지가 운영하던 회사가 도산한 것이다. 그리고 몇 주 후, 그 집 가족들이 동반자살을 했다는 소식을 들었다.

"아들을 사업에 이용하려고 한 사람이었어. 무리를 해서 유학을 보낸 이유도, 아들의 장래를 위해서가 아니라 너와 관계를 맺게 하려는 거였지.

네 어머니가 아니었더라도, 작은 위협에 그런 선택을 했을 거야.”

은우가 신랄하게 평가했다.

“어머니가 도화선에 불을 붙이긴 했지.”

“네 어머니도 그런 극단적인 선택을 할 줄은 모르시지 않았을까?”

“그래서 더 무서운 거야, 팀. 자신의 선택이 어떤 결과를 가지고 올지 상상을 해 보지 않고 실행에 옮기니까. 그 순간 자신이 하고 싶은 일을 멋대로 해버리니까.”

그래서 걱정이다. 성현은 내색하지 않았지만 아까부터 초조해서 견딜 수가 없었다.

조 여사의 이성을 붙들고 있는 끈은 무척이나 가늘다. 어찌나 가느다란지, 살짝만 건드려도 툭 끊어져 버린다. 재인과 함께 있을 때 그 끈이 끊어져, 회복하기 힘든 행동을 해버릴까 봐 걱정이 됐다.

“재인이 곁에 있어주고 싶은데.”

“그럼 너도 같이 본가에 가면 되잖아.”

“안 된대. 재인이가 따라오지 말래.”

“그래?”

“응. 그리고 있는 그림이 있대.”

“그림이라.”

“그런데 그 그림이 뭔지 도통 모르겠어. 그걸 알면 내가 도와줄 텐데.”

초조한 듯한 성현을 물끄러미 응시하던 은우가 씩 웃었다. 성현이 미간을 좁혔다.

“뭐야, 그 표정은? 설마…… 넌 아는 거야?”

“응, 난 알아.”

"재인이가 말해 줬어?"

"너에게 해 주지 않은 말을, 나에게 해 줄 것 같아?"

"그럼 어떻게 아는데?"

"그냥. 바보가 아닌 이상 그 정도는 알지."

"난 바보가 아니야, 팀."

"아니, 넌 바보야. 넌 재인이와 관계된 일에는 깜짝 놀랄 정도로 바보가 되지."

대꾸할 말이 없어진 성현이 입을 일자로 굳게 다물었다. 불안해 보이는 성현의 모습에, 은우는 속으로 미소 지었다. 미국 친구들이 성현의 이런 모습을 보면 깜짝 놀랄 것이다. 아마 조만간 지구가 멸망할 거라고 생각할지도.

여유 없고 불안해하는 성현을 보는 건, 오랫동안 알아 온 은우조차도 처음 있는 일이었다. 성현은 어릴 때부터 흐트러진 모습을 보이지 않았다. 희준의 죽음을 알았을 때에도, 성현은 "그랬군."이라는 한 마디만 중얼거렸을 뿐 평소대로 행동했다.

이거 정말 재미있다.

"말해 봐. 재인이가 그린 그림이 뭔지."

"재인이를 좀 믿어보지 그래? 재인이는 네가 생각하는 것보다 훨씬 강한 여자야."

"믿고 있어."

"아니, 넌 재인이를 못 믿어. 재인이가 아직도 성 안에 갇힌 공주님이라고 생각하잖아."

"……."

"그래. 성 안에 있을 때는 약했을지도 몰라. 하지만 재인이는 널 따라서, 그녀의 의지로 성을 벗어났어. 성 안에 있던 재인이는 그냥 '예쁜 여자'였지만, 성 밖으로 나온 재인이는 '찬란한 여자'야."

"너……."

"재인이한테 이성적인 관심도 없고, 어떻게 해 보려는 생각도 없고, 만지고 싶다는 망상도 안 해."

은우가 선수를 쳐서 말했다. 말문이 막힌 성현이 입술을 비쭉거렸다.

"놀랍지 않아? 재인이는 타인의 살의, 거짓말, 질투, 미움을 선명하게 '보면서' 살아왔어. 그것도 보듬어 주는 사람 없이 혼자서. 보통 그런 경우에는 혼탁해지지. 인간의 어둠에 물들기 마련인데, 재인이는 안 그렇잖아. 그만큼이나 심지가 곧고 강한 여자야."

"그래, 맞아."

재인을 떠올리는 듯 성현의 얼굴에 부드러운 미소가 떠올랐다. 어떤 남자가 사랑하는 여자를 그리며 저렇게 달콤한 미소를 지을 수 있을까?

은우는 처음 보는 친구의 모습에 손발이 오그라드는 느낌을 받았다.

"아무튼 얼른 말해 봐. 재인이가 그리는 그림이 뭔지."

성현이 웃음을 지우고 고자세로 말했다.

"흐음. 지금 네놈이 그렇게 잘난 척을 할 상황이 아닌데. 패를 가진 건 나야, 에디."

"……너, 언제부터 그렇게 계산적이었냐?"

"널 만나고 나서부터."

"쳇. 알겠어. 내가 뭘 해야 알려 줄 거지?"

"대단한 걸 바라진 않아. 우정할인을 해서 싸게 해 주지."

라고 말하며, 은우는 휴대폰에 무언가를 썼다.

"내 앞에 무릎을 꿇고 이걸 읊어."

휴대폰에 쓰인 문구를 읽는 성현의 표정이 굳었다. 성현은 찌푸린 얼굴로 휴대폰을 은우에게 돌려줬다.

"난 이런 거짓말 못 해."

"아하, 그래?"

"그래. 어떻게 친구한테 이런 거짓말을 시켜?"

"그럼 말고. 언젠가 재인이가 말해 줄 테니까."

"그래, 재인이가 말해 주겠지."

"진짜 멋없다."

"뭐?"

"자기가 사랑하는 여자가 원하는 것도 미리 알아주지 못하고, 말해 줄 때까지 멍청하게 기다리는 남자라니. 진짜 멋없네."

은우의 신랄한 평가에, 성현의 얼굴이 하얗게 질렸다.

"그래, 뭐. 평생 그렇게 멋없게 살도록 해. 네 자존심이나 지키면서."

은우가 간장치킨을 먹고 돌아갔을 때는, 밤 11시가 넘은 시간이었다. 그때까지도 재인에게서는 연락이 없었다. 걱정스러운 마음에 전화를 걸어봤지만, 휴대폰이 꺼져 있었다.

'무슨 일이 생긴 건 아니겠지?'

재인은 조 여사를 만날 땐 연락을 하지 않겠다고 말을 해 뒀었다. 하지만 이렇게 오랫동안 연락이 없는 건 처음이다.

'본가에 가 봐야겠군.'

이성의 끈이 끊어진 조 여사가 재인에게 몹쓸 짓을 하고 있을지도 모른다. 아버지인 민 사장은 조 여사가 무슨 짓을 해도 내버려 두었다. 괜한 분란을 일으키고 싶지 않은 것이다.

초조해하던 성현이 벌떡 일어났을 때, 기다렸다는 듯 초인종이 울렸다.

황급히 뛰어나가 현관문을 열었다. 한눈에 보기에도 난처한 표정의 재인이 서 있었다.

"민성현 씨, 어떡하지?"

심장이 쿵 내려앉았다. 불안함에 요동치는 마음을 간신히 억눌렀다.

"무슨 일 있어?"

"그게……."

재인이 곤란하다는 듯 작게 한숨을 내쉬더니, 팔을 위로 올렸다. 그녀의 양손에는 쇼핑백이 여러 개 들려 있었다.

"어머님이…… 이렇게 잔뜩 사주셨어."

"……."

"몇 백 만원도 넘게 쓰셨을 거야."

재인은 정말로 난처해 보였지만, 성현은 안심했다. 정말 큰일이라도 생긴 줄 알았는데. 이 짧은 순간 얼마나 긴장했는지 등에 식은땀이 흐를 정도였다.

"괜찮아."

성현은 부드럽게 말하며 재인이 들어올 수 있도록 옆으로 비켜섰다. 그는 쇼핑백 브랜드를 흘끗 살펴봤다. 몇 백 만원이 아니라 몇 천 만원이 들었을 것이다. 하지만 굳이 그 사실을 알려 주지 않았다.

"돈 많은 분이니까."

"하지만 이건 너무 과한데…… 괜찮다고 했는데도 사주셨어. 어쩌지?"

"어쩌긴. 받았으니까 잘 쓰면 되지. 잘 쓰는 거 보면 좋아하실 거야."

"그럴까?"

"응."

사실은 잘 모르겠다. 조 여사가 재인에게 어떤 감정을 가지고 있는지. 돈을 허투루 쓰는 분은 아니니까 재인이 마음에 들어서 사주기는 했을 것이다. 하지만 그 마음이 얼마나 갈까? 변덕스러운 분이니, 금방 돌아설지도 모른다.

이런 생각들을 재인에게 읽히고 싶지 않아 얼른 돌아섰다.

"뭐뭐 샀어?"

"옷이랑 신발이랑 가방이랑…… 아, 목걸이도 사주셨어."

"그래. 그럼 여기서 입어볼까?"

"아니."

"왜? 내가 몸소 시중을 들어줄게."

"응, 그럴 것 같아서 싫다고 한 거야."

재인이 무뚝뚝하게 대꾸했다. 성현은 빙그레 미소를 지으며 돌아섰다. 성현의 뒤를 따라오던 재인이 우뚝 멈췄다.

"그런 눈으로 보지 마, 민성현 씨."

"그런 눈이라니. 어떤 눈인데?"

"야한 생각을 하는 눈."

"이거 참, 내 여왕님은 내 속셈을 너무 빨리 간파한다니까."

"집에 갈래."

돌아서는 재인의 허리를 한 팔로 휙 감았다. 단발머리 아래로 보이는 그녀의 흰 목이 탐스러웠다. 성현은 재인의 목에 가볍게 입을 맞췄다. 재인이 움찔 몸을 떨었다.

사랑스럽다. 이 여자는 어쩌면 이다지도 사랑스러울까.

성현은 그녀의 목을 핥아 올리다가 귓불을 살짝 깨물었다. 재인이 벗어나려고 몸을 틀었지만, 꽉 끌어안아 도망치지 못하도록 고정시켰다.

"나 샤워도 안 했어."

"상관없어."

"난 상관있어."

"흐응."

성현은 무시하고 재인의 목덜미와 귓불을 애무했다. 입술이 닿을 때마다 그녀의 몸이 움찔움찔 떨리는 것이 자극적이었다. 성현의 손이 천천히 재인의 날씬한 배를 쓰다듬었다.

"재인아."

"왜?"

"사랑해."

"알겠어."

"그뿐이야?"

"응."

"너무해. 내 여왕님은 무드가 없어."

성현은 투덜거리며 재인이 양어깨를 잡아 돌려세웠다. 재인은 짓궂은 미소를 짓고 있었는데, 그게 얼마나 귀여운지 성현은 심장이 쿵 내려앉는 것 같았다.

"그렇게 대답하면 당신이 멈출 줄 알았어."

"여왕님한테 간파당하는 것도 은근히 자극적인데?"

성현은 검지로 재인의 턱을 살짝 들어 올려 입을 맞췄다.

"하지만 여왕님이 파악하지 못한 게 있어."

"뭔데?"

"이런 식으로 멈추게 해도 계속할 거라는 거."

도망치려는 재인의 팔을 잡아끌어 당겼다. 그는 제 힘을 이기지 못해 풀썩 안겨오는 재인을 번쩍 들어 안고 침실로 향했다.

"나 오늘 하루 종일……."

"쉬잇."

재인을 침대에 눕히고 그 위로 올라갔다. 베개 위에 흐트러진 연갈색 머리카락조차, 성현에게는 자극적이었다. 그녀의 부드러운 머리카락을 쓰다듬다가 이마와 가지런한 눈썹과 콧등에 입을 맞췄다.

"재인아."

그녀를 내려다보며 낮은 음성으로 이름을 불렀다.

"응?"

"사랑해."

재인의 눈이 가늘어졌다.

"나도."

재인은 성현의 품에 안겨, 그의 가슴이 오르내리는 것을 느꼈다. 땀에 젖은 그의 살에 얼굴을 대고 있는 것이 전혀 불쾌하지 않았다. 머리를 쓰다듬는 그의 손길이 좋았다.

"나는 걱정이 돼, 재인아."

재인의 머리카락에 입을 묻고 성현이 중얼거렸다.

"뭐가?"

"어머니는 무서운 분이야. 위태롭지."

그러면서 성현은 오래전, 희준이란 이름의 친구에게 벌어진 일을 말해 주었다.

"너는 잘 할 거야. 너를 못 믿는 게 아냐. 나는 내 어머니를 못 믿겠어."

"응, 정말 그런 것 같네."

"농담 아냐, 여왕님."

"그 일 이후로 어머님을 제대로 마주한 적 있어?"

"없어. 하지만……."

"그럼 당신은 어머님에 대해 모르는 거야."

"재인아."

"걱정해 줘서 고마워. 하지만 지금은 당신보다 내가 더 어머님에 대해 잘 알아."

재인은 그의 가슴에 이마를 문질렀다. 그런 그녀의 행동이 고양이처럼 느껴졌는지, 성현은 작게 웃으며 재인의 등을 쓰다듬었다.

"내일은 나랑 놀아."

"하고 싶은 거 있어?"

"여왕님과 함께라면 뭐든 좋지. 여왕님은 나랑 하고 싶은 거 없어?"

"공포영화 보고 싶어. 이번에 재미있어 보이는 거 개봉했던데."

"……난 가끔 이런 생각을 해."

"무서우면 그냥 무섭다고 말해. 너무 무서우면 공포영화는 다른 사람이랑 볼 테니까."

"무슨 그런 서운한 말씀을. 영화관처럼 은밀하고 어두운 공간에, 나 아닌 다른 사람이랑 같이 갈 생각을 한단 말이야?"

"당신이 무서워하니까."

"그럴 리가."

"몸이 딱딱하게 굳었는데?"

"운동을 생활화해서 온몸이 근육질이지."

"손이 차가워졌는데?"

"수족냉증이 있어."

"목소리가 떨리는데?"

"바이브레이션이야. 난 노래에도 재능이 있거든."

"바보."

재인은 작게 웃으며 고개를 들어 그의 턱에 입을 맞췄다.

"영화 보고 밥 먹고 산책하자. 그리고 또 하나, 부탁이 있어."

"뭔데?"

"들어줄 거야?"

"응."

"내가 무슨 부탁을 할 줄 알고 그렇게 쉽게 대답해?"

"말했잖아. 언제나, 무엇이든 여왕님 뜻대로라고."

유행어처럼 하는 그의 말은 언제 들어도 질리지 않았다.

"정장 말고 다른 옷을 입어줘."

"응?"

베고 있는 그의 팔에 힘이 들어갔다.

"당신이 정장 말고 다른 옷을 입은 걸 본 적이 없어."

"잠옷…… 봤잖아."

"그때가 처음이자 마지막이었어."

"정장 차림의 나로는 부족한 거야?"

"누가 부족하대? 그냥…… 당신의 다른 모습도 보고 싶어."

"그렇군."

"곤란해? 7살 때 이후로 정장 외에 다른 옷은 안 입기로 한 거야?"

"아니, 그런 건 아냐."

언젠가 은우가 그런 이야기를 한 적이 있다.

"난 에디랑 알고 지내면서 이 녀석이 정장 말고 다른 옷을 입은 걸 본 적이 한 번도 없어."

그때 같이 있던 라연도 은우의 말에 동의했다.

"맞아. 성현이 오빠는 항상 정장이지. 나야 좀 커서 만났다고 해도, 은우 오빠랑은 어릴 때부터 알고 지냈잖아. 어릴 때도 정장이었던 거야? 징그럽게."

그래서 재인은 "전 잠옷 입은 거 본 적 있는데."라고 했더니, 다들 소스라치게 놀라며 어떤 모습이고 어떤 느낌이냐고 질문을 퍼붓는 바람에, 당황한 적이 있었다.

"그럼 왜 정장만 입은 거야?"

성현의 '내 나이 7살 때 이후로…….'라는 말버릇은 누나의 죽음 때문이었다. 그래서 정장만 고집하는 데도 무언가 이유가 있을 거라고 생각했다. 잠시 침묵하던 성현이 중얼거리듯 대답했다.

"남자, 하면 정장이니까."

"……."

"남자의 생명은 정장, 이라는 말도 있지."

재인은 벌떡 일어나 앉아 성현의 얼굴을 빤히 응시했다. 성현은 진실을 말하고 있었다. 그게 더 기가 막혔다.

"……그저 그 이유였다고?"

"응."

"그 불편한 정장을 사시사철 입고 다닌 이유가 단지 그것뿐이었던 거야?"

"응."

"……당신은 정말 알면 알수록 모를 사람이야."

재인이 알면 알수록 미스터리한 성현과 침대 위에서 노닥거리고 있을 때, 한선은 사건현장에 있었다. 집에 혼자 있으려니 뒤숭숭해서 다른 관할의 형사를 만나러 갔다가, 얼떨결에 동행한 사건현장이었다.

"노인살해는 아이살해만큼이나 기분이 나빠."

동료 형사가 중얼거렸다. 피해자는 80대 할머니였다. 인적이 드문 집 근처의 골목길에서 둔기로 머리를 맞고 방치되어 있었다가 사망했다.

"강도인가? 지갑이 텅텅 비었어."

"우발적인 범행이겠군. 흉기는 안 보이지?"

"여기! 흉기 발견했습니다!"

저 멀리서 주위를 돌아보던 순경이 외쳤다. 흉기로 보이는 각목에는 피가 말라붙어 있었다.

"돈을 달라고 하는데 안 주니까 근처에 있는 걸 되는 대로 집어서 휘두른 건가?"

"이건 뭐, 조사할 것도 없겠는데."

"근처 CCTV 돌려보고, 피해자 가족에게 연락해."

형사들의 이야기를 들으며 한선은 인상을 찌푸렸다.

'뭔가…….'

께름칙하다.

'우발적 범행이 아닌 것 같은데. 보통 각목이 이런 골목에 떨어져 있나?'

하지만 한선의 관할이 아니었다. 섣불리 끼어들면 감정만 상하게 된다.

'게다가…… 이 사건, 뭔가 좀…… 들은 적 있었던 것 같은데. 언제였지?'

한선은 동료 형사에게 먼저 가보겠다고 한 후, 경찰청으로 향했다. 일하는 중에는 사라지는 주제에, 근무 시간도 아닌데 등장한 한선을 보고 다들 황당해했다. 한선은 그들을 적당히 상대해 주고는 책상에 앉아 사건 파일을 검색했다.

국과수의 근무 시간은 일정하지 않았다. 일요일인데도 연구실에 나가 보고서를 쓰는데 휴대폰이 울렸다. 남현이었다.

[혜란 씨. 오늘도 일하신다고 했죠? 저녁엔 시간 괜찮으신가요?]

[7시 이후에는 괜찮을 것 같아요.]

[모시러 가겠습니다. 같이 저녁 먹어요.]

[그래요. 이따 봬요.]

[힘내세요. 좀 더 이야기하고 싶지만 질척거리지 않겠습니다.]

농담과 진담이 반반씩 섞인 그의 문자에 빙그레 미소를 짓고는 휴대폰을 무음으로 돌렸다. 7시까지 보고서 작성을 끝내려면 집중을 해야 했다.

'점심은 걸러야겠네.'

연구실을 키보드 소리가 가득 채웠다. 얼마나 그렇게 집중하고 있었을까?

똑똑— 노크 소리에 깜짝 놀라 손을 멈췄다. 인상을 찌푸리고 문을 노려봤다. 동료 연구원인가? 누구든 상대하기 귀찮은데 없는 척할까? 그런데 아까 문을 잠갔던가?

똑똑— 그런 생각을 하고 있는데 또다시 노크.

연구실 문에 달린 작고 불투명한 창문으로 찾아온 사람의 인영이 어른거렸다. 그것을 보는 순간 심장이 툭 떨어지는 것 같았다.

'아니겠지?'

눈에 익었다. 불투명해서 확실하게 알아볼 수 없는데도, 혜란은 어쩐지 알 것 같았다.

'아닐 거야.'

무시하자. 없는 척하자. 그렇게 생각하고 숨을 죽였다.

똑똑—

하지만 상대는 쉬이 돌아가 주지 않을 것 같았다. 결국 한숨을 내쉬며 말했다.

"들어오세요."

달칵, 문이 열리는 그 짧은 시간, 혜란은 주먹을 꽉 쥐고 있었다.

두근. 두근. 심장이 거세게 뛰었다. 키보드 소리 대신 심장박동 소리가 연구실 안을 채울까 봐 걱정이었다.

"정 박사. 왜 전화 안 받아? 많이 바빠?"

조심스러운 질문을 던지며 들어온 사람은, 혜란의 예상대로 한선이었다. 한선은 여전히 야구점퍼 차림이었고 머리는 손질하지 않아 부스스했다. 아니, 아예 잠을 못 잔 모양인지 수염도 덥수룩했다.

왜일까? 오랜만에 보는 그의 모습에 울컥 눈물이 날 것만 같았다.

찾아오지 말라고, 앞으로 보는 일 없도록 하자고 말한 쪽은 혜란이다. 그런데도 진짜로 찾아오지도 않고, 연락도 하지 않은 그가 원망스러웠다.

사실은 고마워해야 하는데. 몸에서 멀어져야 마음도 멀어지니, 거리를 두는 그의 행동에 감사해야 하는데.

'그뿐인 마음이었던 거겠지, 류 형사는.'

한선이 혜란에게 약간이라도 마음이 있었다면, 찾아오지 말라고 했어도 기어코 찾아왔을 것이다. 그런 성격의 남자니까. 하지만 한선은 그러지 않았고, 그걸로 증명되었다. 한선에게는 아무 마음이 없다는 것이.

"어쩐 일이야?"

아무렇지도 않은 척하고 싶은데 날선 목소리가 흘러나왔다.

"얘기를 좀 하고 싶어서."

"얘기? 무슨 얘기?"

목소리가 높아졌다.

혹시나 하는 기대 때문이었다.

"사건 이야기인데."

기대의 시간은 아주 짧았다. 혜란은 처참한 기분까지 들었다. 바보 같은 기대를 하는 자신이 한심해서 견딜 수가 없었다.

"사건 얘기라면 민 교수나 재인이한테 하면 되잖아."

"아니, 그게…… 좀……."

"왜? 그 둘이 데이트 중이래?"

"아니, 그런 건 아니고. 그냥 좀 이래저래."

말끝을 흐리며, 한선은 혜란의 표정을 살폈다. 오늘도 역시 혜란은 웃고 있지 않았다. 늘 생글생글 웃던 여자가 웃질 않으니 영 마음이 쓰인다. 하지만 도저히 '네가 보고 싶기도 하고.'따위의 말을 할 수가 없었다.

'얘는 왜 이렇게 나한테 화를 내는 거야? 키스는 자기가 먼저 했으면서.'

라고 생각하며, 한선은 말을 이었다.

"수상쩍은 사건이 있는데, 너랑 상의를 하고 싶어서."

"그러니까 그런 건 민 교수나……."

"내 말 못 들었냐? 너랑 하고 싶다고."

한선의 목소리가 묵직해졌다. 또다시 싹트려는 기대를, 혜란은 잔인하게 짓밟아버렸다.

'의미 없는 말이야. 민 교수랑 재인이가 데이트 중이니까 방해하기 미안해서 나한테 온 거겠지.'

"해도…… 되겠냐?"

한선이 눈치를 살피며 조심스레 물었다. 안 돼, 라고 말해야만 했다. 함께 있는 동안 수시로 기분이 오르락내리락 할 테니까, 대화가 끝나고 나면 처참함만 남을 테니까, 게다가 저녁 약속도 있으니까. 그러니까 매몰차게 '안 돼.'라고 말해야만 했다. 단호하게 말하면 한선도 그냥 돌아갈 것이다.

하지만 그렇게 할 수가 없었다. 눈치를 살피는 한선이 안쓰럽기 때문인지, 한선이 정말로 훽 돌아가 버릴 것 같아서인지, 안 돼, 라는 말이 나오지 않았다.

"저 의자 가져와서 앉아."

턱으로 의자를 가리켰다. 한선이 대번에 밝은 표정을 짓더니 구석에 있던 의자를 끌어왔다.

"아니, 내 옆 말고."

한선이 의자를 끌어다가 놔둔 곳은 혜란의 바로 옆이었다. 무릎이 닿을 만큼 가까운 거리. 한선은 무시하고 그대로 의자에 앉았다.

"어젯밤에 75살 할머니 한 분이 살해를 당했어."

"응."

"그런데…… 너 요새 밥은 먹고 다니는 거냐?"

불쑥 들려온 걱정스러운 질문에 당황했다. 한선의 부리부리한 눈이 혜란을 빤히 보고 있었다.

"그, 그런 건 신경 끄고 할 말이나 해."

"너, 점심 안 먹었지?"

"신경 끄라니까. 어차피 바빠서……."

"내가 얘기하는 동안 먹으면 되는 거잖아. 나가자. 밥 사 줄게."

"내가 왜 류 형사한테 밥을 얻어먹어?"

"내 얘기 들어줄 거잖아. 그 대가로."

"됐어. 그게 뭐 대단한 일…… 으앗!"

어느새 일어난 한선이 혜란의 손목을 잡아끌어 당기는 바람에, 비틀거리며 일어나 그의 품에 안기고 말았다. 한선의 옷에서는 희미한 담배 냄새와 스킨 향이 났다. 야구점퍼 너머로 그의 단단한 근육이 느껴졌다.

두근. 두근. 울리는 심장박동은 내 것일까, 그의 것일까.

알 수 없었다. 그저 시간이 멈춘 듯, 그의 품에 반쯤 안긴 자세로 굳어

버렸다.

당황한 것은 한선도 마찬가지였다. 이럴 생각은 아니었는데 안아버렸다. 그것도 상당히 어정쩡하게. 차라리 제대로 안은 자세면 좀 더 세게 끌어안든가 할 텐데, 넘어지다시피 한 혜란에게 버팀목이 되어 주는 상황이라 그럴 수도 없었다. 그래서 혜란이 자세를 바로하기를 기다리며 가만히 서 있었다. 하지만 혜란도 움직이지 않았다.

'어쩌지? 어떡하지? 응? 민성현! 나 어떡해?'

이런 순간에 왜 성현이 떠오른 건지 모르겠다. 성현은 그 아름다운 얼굴에 얄미운 미소를 띠우고 있었다. 짜증이 났다.

"형. 이럴 땐 남자답게 밀어붙이는 거야. 키스해!"

머릿속에 울리는 성현의 목소리를 털어버렸다. 키스는 무슨 키스. 한 번 한 걸로도 하루 종일 생각이 나서 미치겠는데, 두 번이나 하라고? 그럼 잠도 못 잘 거다, 이 자식아.

그때, 간신히 정신을 차린 혜란이 몸을 똑바로 세웠다. 혜란은 가타부타 말도 없이 한선의 옆을 휑하니 스쳐 지나갔다. 양갈래 머리 아래로 드러난 목이 빨갛게 보이는 건, 아마도 기분 탓이리라.

"어, 어디 가?"

"밥 먹자며?"

한선의 바보 같은 질문에 혜란이 돌아보지도 않고 대꾸했다. 한선은 침을 꿀꺽 삼켰다. 입안이 바싹 말라 있었다.

"어, 맞다. 뭐, 뭐 먹을래?"

"아무 거나 먹어!"

"야, 정 박사."

"왜?"

"왜 자꾸 짜증 내? 나한테 뭐 화난 거 있냐?"

"난 원래 짜증이 많아!"

"뭘 많아? 허구한 날 웃고 다니면서."

"짜증 안 내려고 웃는 거야!"

"아, 그래?"

"아, 그래는 무슨 아, 그래야?"

"그럼 거짓말이었어?"

"아, 몰라."

음식집으로 향하는 내내 혜란은 앞서 가며 바락바락 대꾸했고, 한선은 뒤따라가며 멍청한 질문을 던졌다. 눈에 보이는 아무 곳에나 들어갔다. 메뉴판을 받고 나서야 갈빗집이라는 것을 깨달았다.

"왕갈비 먹을까?"

남의 속도 모르고, 한선은 속편하게 고기를 주문했다. 음식이 나올 때까지 둘 다 말이 없었다. 고기가 나오자마자 한선이 굽기 시작했다. 능숙하게 고기를 굽고 자른 한선이, 노릇하게 익은 고기 한 점을 혜란의 접시 위로 옮겨주었다.

"먹어."

"알아서 먹을 테니까 이런 짓 하지 마."

"알겠으니까 많이 먹어."

"……사건 이야기나 해 봐."

"응. 먹으면서 들어."

혜란은 고기를 우물우물 씹었지만 무슨 맛인지 느낄 수가 없었다. 류 형사가 원래 이렇게 다정했던가? 한선은 혜란의 심란한 마음을 아는지 모르는지 어제 있었던 사건에 대해 이야기했다.

"이상한 건, 마침 그곳에 각목이 있었다는 거야. 각목이라는 게 아무 골목에나 뚝뚝 떨어져 있는 게 아니잖아."

"떨어져 있을 수도 있지."

"물론 그렇지. 그래도 뭔가 이상했어. 비슷한 사건들을 봤던 것 같았거든. 그래서 밤새 검색을 해봤는데……."

"나왔어?"

"관할이 다 다르긴 하지만 독거노인들이 살해당한 사건이 4건 있어. 세 건은 길에서, 한 건은 집에서."

"연쇄살인일까?"

"그렇다고 하기도 뭣 한 게…… 방법이 너무 달라. 특히 집에서 살해를 당한 분은 독약을 마셨어. 아니, 이건 살해가 아니라 자살로 결론이 지어졌더라."

"살해라고 생각하는 이유는?"

"청산가리를 카레에 섞어서 음독했는데…… 보통 자살하는 사람이 음식에 일부러 독약을 섞어서 먹나?"

"그럴 수도 있지. 자살하기 무서우면."

"그런가? 게다가 그 카레가…… 향이 강한 인도 카레였거든. 일부러 인도 카레 전문점에서 사 온."

"흐응?"

"정 박사, 내 얘기 안 들었냐? 생각해 봐. 피해자는 80세의 평범한 할아버지야."

"그래서?"

"할아버지가 인도 카레 전문점에 찾아가서 카레를 포장해오는 경우가 흔해?"

"아……!"

"자살을 생각했다면 좀 더 떠올리기 쉬운 음식, 마지막으로 먹고 싶은 음식으로 결정하지 않겠냐? 김치찌개든, 된장찌개든…… 아니면 갈비든."

"그렇게 생각할 수도 있네."

"게다가 자살한 할아버지는 독거노인이었어. 이웃 얘기로는 자식에게도 버림받았다면서 우울해했었는데, 자살하기 한 달쯤 전부터 부쩍 즐거워 보였다는 거야. 외출도 자주 하고. 그래서 자살할 줄은 꿈에도 몰랐다고 했대."

"그건 이상하네."

"그렇지?"

"응. 이상해."

그리고 대화가 끊겼다. 한선은 혜란을 빤히 응시하고 있었다. 그의 진지한 눈빛에 괜히 민망해졌다. 뭔가 더 할 이야기가 있나 싶었는데, 한선은 한참 동안 말이 없었다.

견디다 못해 혜란이 먼저 입을 열었다.

"그래서?"

"어, 어?"

한선이 정신을 차린 듯 눈을 크게 떴다.

"그래서? 날 찾아온 이유가 있을 거 아냐?"

"아니, 그냥……."

"그 애기를 하려고 온 거야? 노인을 대상으로 한 연쇄살인이 벌어지고 있다는 애기?"

"어때? 연쇄살인 같아?"

"연결고리가 미약하긴 하지만…… 확실히 수상쩍기는 해. 게다가 류 형사는 감이 좋잖아. 류 형사가 연쇄살인 같다고 생각했다면 연쇄살인이 맞는 것 같은데."

한선의 표정이 밝아졌다.

"뭘 그렇게 좋아해? 연쇄살인 벌어진 게 그렇게 좋아?"

"어? 아니, 아니. 그런 건 아니지."

"그런데 왜 실실 웃어?"

"아니, 뭐 그냥……."

"오늘 이상하네. 나 배부르니까 류 형사도 같이 좀 먹어. 고기 다 타겠다."

혜란이 투덜거리듯 말했다. 한선은 그런 혜란을 보며 입가에 띤 미소를 지우기 위해 노력했다.

> "류 형사가 연쇄살인 같다고 생각했다면 연쇄살인이 맞는 것 같은데."

혜란이 아무렇지도 않게 툭 던진 그 말에 큰 힘을 얻었다는 말을 할 수가 없었다. 언젠가 성현이,

"난 여왕님이 '당신을 믿고 있어.'라고 말해 주면 세상을 얻은 기분이 들어."

라고 말했다. 그 기분이 뭔지 알 것 같다.

"오늘 일 끝나고 뭐해? 저녁때 민 교수랑 재인이 만나러 같이 갈래?"

한선의 말에 혜란이 인상을 찌푸렸다.

"내가 거길 왜 가니?"

"넌 걔들 못 본 지 오래 됐잖아. 사건 얘기도 하고, 얼굴도 보고……."

"난 걔들이랑 안 친해."

라고 대꾸하면서, 저녁 약속이 있다는 것을 떠올렸다. 한선과 대화하는 동안 남현과의 약속을 까맣게 잊고 있었다.

큰일이다. 옷에 고기 냄새 뱄겠다.

"저녁에 약속도 있고."

"약속? 뭔 약속?"

"나……."

굳이 말할 필요 없었다. '뭘 그렇게 알고 싶어 해?'라고 평소처럼 쏘아붙이면, '그건 그렇지.'라며 더 이상 캐묻지 않을 것이다.

하지만 말하고 싶어졌다. 한선을 향해 커지는 마음을 자제시키려면, 이쪽에서 먼저 확실하게 밀어내는 편이 나을 것 같았다. 물론 저쪽에서 당길 생각도 없는 것 같지만.

"만나는 남자 있어."

다음 순간 한선이 보인 반응은, 혜란이 상상도 못했던 것이었다.

챙그랑—

마침 한선이 들고 있던 유리컵이 바닥으로 떨어졌다. 하지만 한선은 그걸 느끼지도 못한 건지, 눈을 크게 뜨고 망부석처럼 앉아 있었다.

그의 눈동자가 흔들리는 것이 보였다.

"어? 아…… 어, 사이다 튀었다!"

뒤늦게 정신을 차린 한선이 허둥거렸다. 혜란은 한선의 반응을 이해할 수가 없었다.

"어, 그래. 만나는 남자가 있었던 거냐?"

"왜? 난 평생 남자 못 만날 것 같았어?"

"아니, 그런 건 아니고…… 뭐, 정 박사야 예쁘고 능력도 좋으니까 당연히 남자 만날 수 있지!"

두근—

별 뜻 없이 한 말일 게 분명하다. 저 예쁘다는 말은, 지인에게 얼마든지 인사치레로 해 줄 수 있는 말이니까.

하지만 한선에게 예쁘다는 말을 처음 들은 혜란으로서는 심장이 뛸 수밖에 없었다. 미사여구가 없는 투박한 칭찬이, 달콤한 진심처럼 다가왔다.

"그래서…… 뭐 하는 남자인데?"

"아, 알아서 뭐하게?"

심장의 두근거림을 감추기 위해 날선 목소리로 물었다.

"괜찮은 남자인지, 문제는 없는지, 범죄를 저지른 적은 없는지…… 내가 알아봐 줄게."

"……."

"이왕이면 좋은 남자여야 하잖아. 우리 정 박사가 오랜만에 연애를 한다는데."

달콤한 두근거림은 순식간에 가셨다. 거짓 질투조차 해 주지 않다니.

입 안이 썼다.

"됐어. 만나는 남자 뒷조사까지 하고 싶진 않으니까."

"만난 지…… 오래 됐어?"

"그리 오래 되진 않았어. 서로 알아가는 단계인데……."

지끈—

"나쁜 사람은 아닌 것 같아. 건실하고 다정해."

지끈—

"솔직하게 감정표현 하는 것도 마음에 들고."

지끈—

본인이 내뱉는 말에 본인이 상처를 받는 경우도 있을까? 한선은 아무렇지도 않아 보이는데, 혜란의 심장은 지끈지끈 아팠다. 결국 그녀는 더 이상 아프기 싫어서 입을 다물었다. 여기저기 자리를 차지한 손님들이 떠들썩했지만, 혜란과 한선의 테이블은 무중력 공간에 있는 듯 침묵에 감싸여 있었다.

둘 다 의무라도 되는 것처럼 고기를 집어먹었다. 그리고 불판에 있던 고기가 전부 사라지자마자, 누가 먼저랄 것도 없이 일어났다. 계산은 한선이 했다.

"그럼 저녁에…… 데이트 잘하고."

국과수 건물로 들어가는 입구까지 따라온 한선이 말했다.

"걱정 마셔. 류 형사가 걱정 안 해도 알아서 잘 할 테니까."

"응, 그래."

한선의 얼굴에 미소가 떠올랐다. 기분 탓일까?

그의 미소는 사막의 바람처럼 쓸쓸하고 건조했다.

"정 박사는 알아서 잘하지."

"……."

"그럼 들어가라."

"류 형사 먼저 가."

"아니, 먼저 들어가."

"그래, 그럼."

획 돌아서서 걸었다. 등 뒤로 한선의 시선이 느껴졌다. 그럴 리 없다. 한선이 가만히 서서 들어가는 사람의 뒷모습을 지켜볼 만큼 배려가 깊진 않으니까.

그렇게 생각하면서도 저도 모르게 흘끗 뒤를 돌아봤다. 한선은 요즘 날씨에 입기엔 더워 보이는 야구점퍼 주머니에 양손을 찔러 넣고, 삐딱하게 서서 이쪽을 보고 있었다. 그 모습이 무척이나 달콤한 한편 고독해 보여서, 혜란은 저도 모르게 달려가 그를 끌어안을 뻔했다.

하지만 그 충동을 서둘러 억누르고 다시 정면으로 고개를 돌렸다. 한선의 마음은 유재인이 다 가지고 갔다. 그러니까 저 쓸쓸함도 고독도, 전부 유재인으로부터 시작된 거겠지.

성현을 보자마자, 한선은 웃음을 터뜨렸다.

"으하하하하하. 꼴이 그게 뭐냐?"

사실 그리 우스운 꼴은 아니었다. 아니, 누구라도 돌아볼 만큼 멋있었다. 하지만 민성현이라는 인간을 아는 사람이 보면 누구라도 웃음을 터뜨릴 모양새였다.

"내 여왕님의 명령이었다고."

물 빠진 청바지에 남색 폴로 티셔츠를 입은 성현은, 정장을 입었을 때보다 훨씬 어려 보였다. 대학생이라고 해도 믿을 것이다.

"와, 내가 살면서 민성현 사복 차림을 보게 될 줄은 몰랐네."

"난 늘 사복이었어."

"매일 정장만 입으니, 교복인 줄 알았다."

"교복. 흐음. 그래, 교복. 내 여왕님이 교복을 입은 모습, 한 번 보고 싶긴 한데?"

성현의 눈이 반짝 빛났고, 재인이 한 걸음 뒤로 물러났다.

"아니, 난 절대 입을 생각 없어."

"그런 말 하지 마, 여왕님. 세상에 절대는 수학에만 존재하니까."

"안 입어, 교복."

"입게 될 거야. 입어준다고 할 때까지……."

재인이 한선에게 눈짓을 했고, 한선은 눈치 빠르게 성현의 팔을 잡아 일으켰다. 성현이 바닥에 드러누워 떼를 쓰려고 했기 때문이다.

"방해하지 마, 형. 난 지금 내 정당한 요구에 대한 답을 듣기 위해 성숙한 투쟁을 하려는 중이니까."

"요샌 어린애들도 바닥에 누워서 떼쓰는 짓은 안 해."

"어린애들이 안 한다면, 어른이 하면 되지 않을까?"

"너란 놈은…… 대체 어디까지 미친 거냐? 더 미칠 구석이 있는 거냐?"

성현을 간신히 달래 커피숍으로 향했다. 음료를 시키고 앉자마자 한선이 말했다.

"데이트 방해해서 미안하다, 인느님."

"아니에요. 살인 사건 때문이라면서요. 그런데 류 형사님, 괜찮으신 거예요?"

"응? 뭐가?"

"아뇨, 좀……."

"괜찮아, 괜찮아."

재인이 타인의 감정에 예민하다는 것을 깜빡했다. 지금 이 기분, 가슴에서 사라지지 않는 답답한 통증을 재인은 눈치챘을 것이다. 그리고 그걸 언급하고 싶지 않다는 기분 역시.

한선의 짐작대로 재인은 더 이상 한선의 마음에 대해 얘기하지 않았다. 한선은 혜란에게 했던 이야기를 이들에게도 해 주었다. 성현과 재인은 묵묵히 이야기를 들었다. 한선의 이야기가 끝났을 때, 성현이 팔짱을 끼고 소파에 등을 기댄 채 눈을 감고 있었다. 마치 음악을 감상하는 사람처럼.

같은 남자가 보기에도 지적할 곳 없이 잘생긴 얼굴이다. 여자들의 눈에는 저 얼굴이 얼마나 아름다워 보일까.

그런 생각을 하고 있는데, 번쩍, 성현이 눈을 떴다.

"역시 형은 대단해. 보통은 알아채기 힘든데."

"연쇄살인이냐?"

"내가 현장을 못 봐서 확답할 수는 없지만, 그럴 가능성이 농후해. 몇 가지 짐작 가는 것도 있고."

"짐작? 뭔데?"

"일단 피해자들의 금전관계에 대해 조사를 해 보는 게 좋겠어."

"그렇게 돈이 많은 건 아닌 것 같던데. 은행 예금조차 없는 피해자도 있고."

"그 연세인 분들 중에는 은행을 못 믿고 집에 돈을 감춰두는 경우가 있거든."

"아아, 그래. 그렇다고 들었어."

"그럼 이런 경우를 생각해볼 수 있지. 인간의 애정에 목마른 외로운 노인들에게 접근해서 손자처럼 다정다감하게 행동을 하는 거야. 한 달 동안 신뢰를 쌓고 뻥 뚫린 가슴을 채워준 후, 돈이 있는 곳을 알아내는 거지."

"그럼 돈만 뺏으면 되잖아. 왜 굳이 죽이는 거야?"

질문을 한 건 재인이었다. 성현이 난처하다는 듯 웃더니 작게 한숨을 내쉬었다.

"이건 그냥 짐작인데…… 그런 과정에서 우연찮게 몸싸움이 벌어져 상대를 죽였을 거야. 그리고…… 사람 죽이는 맛을 알게 된 거지."

"사람 죽이는 맛이라니……."

"외로운 노인을 속여 돈을 뺏는다는 행위에 대해 어떻게 생각해?"

"지독해."

"그래, 지독하지. 일반인이 할 수 없는 생각이야. 보통은 그런 노인들을 보면 안쓰럽다는 생각을 하는 게 정상이거든. 그런데 그 허전하고 외로운 마음을 이용해서 돈을 빼앗기까지 해. 여기 어딘가가 잘못되었다는 거야."

성현이 자기 머리를 톡톡 두드렸다.

"그런 사람들은 종종 살인을 한 후 죄책감이 아닌 쾌락을 느껴. 아니, 죄책감을 느낄 수 있지만 그조차도 쾌락이 되는 거지. 아무튼 형. 일단 지금까지 벌어진 사건에 대해 재수사를 해야 될 것 같아. 그 사건들, 아직 종결 안 된 것 맞지?"

"응. 범인을 못 잡았으니까."

"알겠어. 나랑 재인이가 알아볼게. 형은 피해자들의 돈의 흐름을 알아봐줘."

보고서 쓰는 걸 관두고 집에 가서 샤워를 했다. 머리카락과 옷에 고기 냄새가 잔뜩 배어 있었기 때문이다. 두 번째 만남인데 고기 냄새를 풀풀 풍기며 만날 수는 없었다.

오랜 시간 공들여서 깨끗이 씻은 이유는, 냄새와 함께 한선도 지우고 싶었기 때문이다. 유독 다정하던 오늘의 모습을 머릿속에서 지워 버리고 싶었다.

상처를 받고 싶지 않아서 먼저 밀어내는 것이 바보 같은 짓이라는 것은 안다. 하지만 이번 경우는 달랐다. 몇 개월이라는 시간 동안, 재인을 향한 한선의 사랑을 봐 왔다. 재인의 말 한 마디에 기뻐하고, 재인의 행동 하나에 하늘이 무너진 듯 행동했던 류한선을 알고 있다.

그러니까 이건 어리석은 짓이 아니다. 씻고 나왔더니 고기 냄새는 말끔히 사라졌지만, 한선은 사라지지 않았다. 냄새보다는 한선을 지우고 싶었던 건데.

'샤워 한 번으로 정리될 마음이었으면 애초에 정리됐겠지.'

혜란은 쓴웃음을 지으며 머리를 말렸다.

그를 향한 이 마음이 언제 이렇게 커져 버린 걸까?

'내가 류 형사를 쭉 좋아해 왔다니. 나도 자각 못한 채로 좋아하는 게 말이 되나?'

가만히 그동안의 행동을 되새겨보았다.

'하긴. 류 형사가 전화하거나 찾아오면 꼭 만나주긴 했구나. 근처에 가면 꼭 불러내서 술 한 잔을 했고.'

다른 형사들이나 동료들에게는 하지 않는 행동이었다. 먼저 불러내기는커녕, 오는 연락도 씹곤 했다. 하지만 한선에게 온 연락에는 아무리 바빠도 곧바로 답을 해 주었다.

'그래, 볼 때마다 두근거려야만 사랑은 아니구나. 이제는 아무래도 상관없지만.'

사랑이 영원하다고 믿을 만큼 순진하진 않다. 이 마음도 조만간 정리되리라.

평소에는 입지 않는 하늘하늘한 연두색 원피스를 입었다. 어깨가 너무 드러나는 것 같아서 흰색 카디건을 걸치니 썩 괜찮아 보였다. 신발은 뭘 신을까 고민하다가, 사두고 한 번도 신지 않았던 여름용 힐을 꺼냈다. 굽이 높진 않지만 늘 운동화만 신고 다녔던 혜란에게는 하늘에 머리가 닿을 것 같은 느낌을 주었다.

오피스텔에서 나오자마자 후회했다. 그냥 편한 신발 신을걸.

불편한 신발은 마음까지도 불편하게 만든다. 하지만 갈아 신을 시간이 없었다. 남현에게서 도착했다는 연락이 왔기 때문이다.

"늦을 것 같아요. 준비를 하다 보니 시간가는 줄을 몰랐어요. 미안해요."

솔직하게 사과하자 남현이 웃었다.

[아닙니다. 제가 국과수 앞으로 모시러 갈까요?]

"아니요. 죄송해서 그렇게까지는……."

[어차피 차 끌고 가는 건데요. 아, 혹시 댁에서 오시는 거라면 댁으로 갈까요?]

"아니요. 국과수 앞에서 봬요."

이제 막 만난 사람에게 집까지 알려주고 싶지 않았다. 남현도 그렇게 생각했는지 두 번 권하지 않았다. 국과수까지는 걸어서 10분 남짓 걸리지만, 힐을 신고 10분 이상 걸을 자신이 없었다. 결국 택시를 탔다.

정문 앞에 서서 기다린 지 20분쯤 지났을까. 앞에 멈춘 검은색 승용차의 운전석 문이 열리고 남현이 내렸다. 남현은 혜란을 보고는 눈을 크게 떴다.

"이야. 정말…… 와…… 정말 예쁘시네요."

"감사합니다."

순수한 감탄이 기쁘기는 하지만 설레지는 않았다. 한선이 툭 던진 인사치레에는 그렇게 두근거렸었는데. 아니, 류한선 생각은 그만 하자.

남현이 조수석 쪽으로 돌아와 문을 열어 주었다.

"제가 멋대로 데이트 코스를 잡았는데…… 혹시 혜란 씨가 특별히 가고 싶었던 곳이 있다면 말씀해 주세요."

"그냥 남현 씨가 짜 둔 코스로 밟아주세요. 딱히 떠오르는 게 없어요."

"그럼 그럴까요? 앞으로도 날은 많으니까요."

그 말에는 대답하지 않고 빙그레 웃기만 했다. 남현은 그에 대한 대답을 기대하진 않았는지 그대로 차를 출발시켰다. 운전을 하는 남자는 멋있다는 말을 들었다. 하지만 그건 어떤 남자가 운전을 하느냐에 따라 달라진다. 말끔한 인상의 남현이 진지하게 정면을 응시하며 운전하는 모습은 꽤 근사했다.

'류 형사도 운전할 줄 알긴 하는데…… 운전하는 걸 본 적이 없네.'

운전을 하는 한선이 어떤 모습일지 그려보는 자신을 깨닫고는 인상을 찌푸렸다. 류한선 생각은 정말로 그만. 남현이란 남자에게 집중하자. 집중.

기분이 영 별로다.

한선은 담배를 깊이 빨아들였다. 아까부터 오만상을 찌푸리고 있었는데, 그조차 깨닫지 못했다. 그는 필터까지 타들어간 담배꽁초를 버리고, 급하게 주머니를 뒤져 담뱃갑을 꺼냈다. 담뱃갑은 비어 있었다. 좀 전에 사왔는데 언제 다 피운 걸까?

연기 대신 한숨을 내뱉으며 한선은 고개를 한껏 뒤로 젖혔다.

길어진 여름해가 저물어가고 있었다. 오렌지 빛으로 물든 하늘을 가만히 응시했다. 해야만 하는 일이 있는데 집중할 수가 없었다. 이런 기분은 처음이다. 눈앞에 안개가 뿌옇게 끼어 있고, 커다란 돌덩어리가 가슴을 꽉 누른 것 같은 기분. 손을 휘저어도 잡히지 않는 거대한 바위 때문에 숨을 쉬는 것조차 힘겨웠다.

재인을 짝사랑할 때도 이런 기분은 아니었는데.

'죽겠군.'

한선은 인상을 찡그렸다.

'정말 죽겠어.'

크게 심호흡을 하다가 고개를 저었다. 이럴 때가 아니다. 피해자들의 돈의 흐름을 알아봐야만 한다. 만약 노인을 상대로 연쇄살인이 벌어지고 있는 거라면, 서둘러 증거를 확보하고 수사를 진행해야만 한다. 한선은 몇 번째인지 모를 한숨을 내쉬고는 걸음을 옮겼다. 기분 정말 별로다.

갑자기 폭우가 쏟아졌다. 남현과 저녁을 먹은 후 함께 한강을 걷고 있을 때였다.

"어이쿠. 갑자기 무슨 비가 이렇게……."

남현이 중얼거리며 재킷을 벗어 혜란의 머리 위를 가려주었다. 그 바람에 남현과 아주 가까운 거리에 있게 되었다. 남현에게서는 옅은 향수냄새가 났다. 담배를 피우지 않아서 담배냄새는 없었다.

그의 가슴팍을 응시했다. 그가 포옹을 할 거라 생각했지만, 남현은 슬쩍 뒤로 물러났다.

"산책은 힘들 것 같은데 어디로 들어갈까요? 아니면 집으로 돌아가실래요?"

남현의 목소리에 정신을 차렸다.

"집으로."

목소리가 잠겨 있었다. 남자의 향기에 취했기 때문이 아니었다. 이런 순간에도 한선의 너른 가슴을 떠올리는 자신이 한심해서였다.

"집으로 갈래요."

혜란의 기분이 좋지 않다는 것을 느낀 걸까? 운전을 하는 남현은 말이 없었다. 묵묵히 차창 밖을 응시하다가 이런 것은 예의가 아니란 데에 생각이 미쳤다. 객관적으로 보면 오늘 데이트는 나쁘지 않았다. 아니, 오히려 아주 좋았다.

남현이 예약해 둔 레스토랑은 분위기가 좋고 맛있었다. 남현은 예의 바르게 행동했고 대화도 잘 통했다. 혜란의 직업을 궁금해 하고, 어려운 이야기일 텐데도 귀담아 들었다. 오늘을 위해 준비한 듯한 새 옷이 비에 흠뻑 젖었는데도, 그에 대해 공치사를 하지 않았다.

좋은 사람이다. 혜란은 눈을 질끈 감았다.

욱씬, 욱씬 가슴이 아려오는 이유는, 한선이 겹쳐졌기 때문이다. 한선이라면 레스토랑을 예약해두지 않아 한참을 대기하다가, 포장마차나 가자며 투덜거렸을 것이다. 혜란이 검시 이야기를 하면 밥 먹을 때 그런 얘기하지 말라며 툽상스레 말했을 것이고, 비가 오면 혼자서 후다닥 어딘가로 들어갔겠지. 만의 하나 옷을 벗어서 가려주었다고 해도, 자기 야구점퍼가 젖은 것에 대해 한참을 떠들어댔으리라.

그럼에도 불구하고 그런 데이트가 더욱 즐거웠을 것이라 생각하게 되는 것이 싫었다.

'그만해, 정혜란. 그만해. 류 형사는 정말 좋은 사람이지만, 좋은 남자는 아니야. 억지로 인연을 이어 간다고 해도 행복하지 않을 거야.'

신나서 재인에 대해 이야기하던 한선의 얼굴을 떠올렸다.

가슴이 지끈지끈.

'그래, 행복하지 않을 거야.'

혜란의 오피스텔 앞에 차가 멈췄다.

"잠시만 기다리세요."

남현이 얼른 차에서 내려 트렁크에서 우산을 꺼내 왔다. 조수석 문을 열어주는 남현의 옷은 흠뻑 젖어 있었다.

참 좋은 사람인데. 그런 사람 앞에서 다른 남자를 생각하고 있었다는 게 부끄럽고 미안했다.

"옷이 다 젖어서 어떡해요."

"괜찮습니다. 옷이야 빨면 되는 건데요."

남현이 부드럽게 말했다.

"비가 안 왔으면 좋았을 텐데 아쉽네요. 많이 피곤하시죠?"

"저보단 남현 씨가 더 피곤하죠. 운전도 하시고."

"좋은데요."

"네?"

"혜란 씨가 이름 불러 주는 거요."

남현이 해사한 미소를 지었다. 대꾸할 말이 없어서 마주 웃었을 때였다. 남현의 얼굴이 가까워지는가 싶더니, 그의 입술이 혜란의 이마에 살짝 부딪쳤다.

이마에 닿는 따뜻한 감촉이 나쁘지는 않았다. 하지만 그뿐이었다. 두근거리는 설렘은 없었다. 다시 허리를 편 남현이 혜란을 향해 싱긋 웃었다. 청량한 미소였다.

"오늘 즐거웠어요, 혜란 씨. 다음에 또 만날 수 있을까요?"

혜란은 그 순간에도 떠오르는 한선과의 입맞춤을 지우려고 노력하며 고개를 끄덕였다.

"네, 다음에 또 봬요."

한선은 어둠 속에 선 채로 움직이지 못했다. 돌아서야 한다는 걸 아는데 발이 뿌리라도 내린 것처럼 꼼짝도 할 수가 없었다.

한 우산 아래에 마주 보고 서 있는 남녀. 오가는 시선, 그리고 입맞춤.

비가 내리는 어둠 속에 묻혀 잘은 보이지 않지만, 여자가 혜란이라는 것은 알 수 있었다. 혜란은 몸을 돌려 오피스텔로 돌아갔고, 우산을 든 남자는 아쉽다는 듯 그녀의 뒷모습을 바라봤다.

혜란이 엘리베이터를 타고 올라간 후에야 남자가 돌아섰다. 언뜻 그의 얼굴이 보였다. 반듯하고 단정한 인상, 훤칠한 키에 자세도 나쁘지 않았다. 성실할 것 같은, 호감형의 얼굴이다.

'그렇군.'

혜란이 좋아할 법한 얼굴이었다.

'저 남자군.'

만나는 남자가 있다고 들었다. 오늘 낮의 일인데 먼 옛날의 일처럼 느껴진다.

'좋은 차를 끌고 다니네.'

남자의 차는 상당히 고가의 차였다.

'직업도 좋은 모양이야.'

왜 이런 생각을 하고 있는 건지 모르겠다. 떠나가는 자동차를 멍하니 바라보며, 남자에 대한 판단을 하는 자신이 우스웠다.

사실은 고백을 하기 위해 찾아왔다. 살해된 노인들의 자금에 대해 알아보는 와중에도, 혜란에 대한 생각을 떨쳐 낼 수가 없었다. 혜란을 위해서라면 이 마음을 묻어 두는 게 낫다는 것을 알고 있는데, 강력팀 형사 남자친구가 얼마나 위태롭고 불안할지 알고 있는데. 고이 접어놓을 수가 없었다.

그래서 달려왔다. 혜란을 만나기 위해. 그런데 이런 광경을 목격할 줄이야. 심장이 찢기는 것 같다. 재인과 성현의 관계를 알게 되었을 때와는 또 다른 기분이다.

주머니 속의 휴대폰이 진동했다. 한 번은 느끼지 못했다. 두 번째 울렸을 때, 한선은 기계적으로 움직여 전화를 받았다.

[류 형사님.]

재인의 목소리가 들려왔다.

[민성현 씨랑 피해자의 이웃을……]

"재인아."

재인의 말을 끊으며 흘러나온 목소리가 자신의 것이라는 것도 깨닫지 못했다. 울컥 목이 메어 입을 다물었다. 잠깐의 침묵이 흐르고 재인이 물었다.

[류 형사님, 괜찮으세요?]

괜찮다고 말해야지. 이런 이야기를 하는 건 창피하니까. 하지만 입술이 제멋대로 움직였다.

"아니, 재인아. 나 안 괜찮은 것 같다."

[형사님……]

"그래, 난 안 괜찮은가 보다."

걱정스러운 표정으로 앉아 있는 재인을 보자 콧등이 시큰해졌다. 이럴 때 곧바로 나와 주는 사람이 있구나. 재인과 이런 관계가 될 줄은 몰랐는데.

한선이 쓴웃음을 짓자 재인의 표정이 더 어두워졌다.

"난 괜찮아, 인느님. 괜히 싱숭생숭하게 만들어서 미안하다."

"거짓말."

"정말이야. 사건 이야기나 하자. 피해자의 이웃들이 뭐래?"

"류 형사님, 전 류 형사님을 정말 좋아해요."

"응, 나도 인느님을 좋아해."

재인이 비소를 지었다.

"저한테는 그렇게 쉽게 말씀하시면서 정 박사님께는 왜 못 말하세요?"

"……내 마음 읽지 마."

"읽고 싶지 않아요. 하지만 누구라도 알 수 있을걸요. 지금 류 형사님이 얼마나 괴로운지, 얼마나 말하고 싶은지."

"……."

"제가 힘들 때 류 형사님은 항상 제 곁에 있어 줬어요. 그때는 과거에 얽매여 있어서 그 마음을 몰랐는데, 이제 와서 생각하면 류 형사님은 제게 친오빠 같은 사람이었더라고요."

"아니야, 나는……."

한선의 미간에 깊은 주름이 생겼다.

"나는……."

"저랑 무언가를 하고 싶었나요?"

"……."

"키스를 하고 함께 밤을 보내고 결혼을 하고…… 그런 것들을 꿈꾸셨나요?"

"물론 그렇진 않았어. 내 상황 알잖아. 우리 어머니는 강력팀 형사인 아버지와 결혼하고 나서 마음고생이 심하셨어."

"하지만 결혼하셨잖아요."

"그래, 결혼하셨지. 하지만 난 내 상대에게 그런 짐을 지우고 싶지 않아. 게다가 정 박사는……."

혜란과 간혹 술을 마시는 날이 있었다. 그럴 때면 혜란은 주문처럼 되뇌었다.

"나는 남자 같은 거 없어도 돼. 시댁에, 집안일에…… 귀찮기만 할 뿐이야. 하지만 혹시라도 누군가를 만나게 된다면, 조건 좋은 남자 만날 거야. 내 커리어에 영향을 미치지 않을 남자."

"좋은 남자를 만날 자격이 있어."

혜란이 원하는 남성상을, 재인에게까지 말할 필요는 없었다.

"정 박사는 안정적인 직장을 가진 남자를 만나야 돼. 아낌없이 사랑을 줄 수 있는 다정한 남자. 지금 그런 남자를 만나고 있는 것 같기도 하고."

거기까지 말하고 한선은 후우, 한숨을 내뱉었다.

"그러니까 인느님. 나는 정말 괜찮아. 알잖아. 나는 너를 사랑했었지만, 네가 성현이처럼 좋은 남자를 만나 사랑을 하고 행복해하는 모습을 보는 게 좋아. 진심으로 기뻐. 그러니까 혜란이가 좋은 남자를 만나 행복해지면, 그걸로 기쁠 거야."

이른 아침부터 찾아온 아들 민 사장을 향해, 민 회장은 나른한 시선을 던졌다. 응접실의 커다란 창문으로 아침 햇살이 쏟아져 들어왔다. 어젯밤에는 폭우가 내렸는데 오늘은 날씨가 맑다.

"성현이는 그 후로 안 찾아왔습니까?"

"그래, 안 왔다. 누굴 닮은 고집인지 아주 질기더구나."

"아버지 닮은 고집이겠죠."

"피 하나 걸러 닮았겠느냐? 필시 네놈을 닮은 게지. 아들 하나 자알 키웠더구나."

조롱을 담아 한 말이지만 민 사장은 어깨를 으쓱했을 뿐 대수롭지 않게 넘겼다.

"재인이, 그 아이는 만나보셨습니까?"

"아직 못 만나 봤지. 사진으로만 봤다."

"뒷조사했다는 걸 알면 성현이가 화낼 겁니다, 아버지."

"아들놈 화내는 게 그리 무섭더냐?"

"무슨 짓을 할지 모르는 놈이니까요."

"그래, 그 아이는 어떻더냐? 내 손자가 한눈에 반할 만한 아이든?"

"네, 뭐……."

민 사장이 피식 웃었다.

"무시무시하더군요."

"무시무시해?"

"네. 저번에 퇴근하고 딱 한 번 마주쳤는데……."

거기까지 말하고 민 사장은 눈을 감았다. 그때의 일을 떠올리려는 듯. 민 회장은 잠자코 아들의 말을 기다렸다. 이윽고 눈을 뜬 민 사장이 말했다.

"사람 머릿속을 휘젓는 것 같았습니다. 그 눈동자가."

"눈동자라…… 그래, 성현이도 그런 말을 하더라. 눈동자에 반했다고. 그리 다르더냐?"

"다릅니다. 성현이도 사람을 볼 때 꿰뚫어 보는 눈빛을 하고 있긴 한데, 그런 것과도 다른 느낌입니다. 말 그대로 휘젓는 것 같아요."

"흐음."

"게다가 더 놀라운 건, 집사람과의 관계가 잘 유지되고 있다는 점이겠죠. 회장님, 어젯밤엔 우리 집사람이 웃으면서 콧노래까지 흥얼거렸습니다."

"그래?"

민 회장의 눈이 커졌다.

"네, 정말 집사람이 웃는 걸 보는 게 오랜만이라서……."

민 사장의 눈이 촉촉해졌다.

"어찌나 그게 기쁘던지."

"허어……."

"회장님, 전 그 아이가 마음에 듭니다. 며느리가 안 된다면 양녀로라도 들이고 싶은 심정이에요."

"그건 불가능할 게야. 성현이가 가만히 있지 않을 테니까."

"그렇겠죠."

"그 아이는 뭐라더냐? 얘기는 해봤겠지?"

"그게……."

민 사장이 쓴웃음을 지었다.

"사실은 아버지. 눈이 마주치는 순간, 아무 말도 못 하겠더라고요."

"아무 말도 못했다고?"

"네. 그 아이가 인사를 하고 고개를 들어서 나를 똑바로 쳐다보는데 목이 턱 막혀서."

"기에서 밀렸다는 말이냐? 정우그룹 장남도 갈 때가 됐구나."

"아버지라고 다를 거 같습니까? 그 아이의 눈동자는 말입니다, 아버지. 제가 지금껏 만난 사람들이랑 달라요. 텅 비어 있는 것 같으면서도 가득 차 있고 날카롭습니다. 그 애는 크게 될 거예요."

"그래서, 그 애가 뭐라더냐?"

민 사장은 잠시 입을 다물었다.

그날의 광경이 떠올랐다. 보석처럼 빛나는 연갈색 눈동자. 사람을 당혹시켰던 그 투명함. 아마도 눈이 마주친 시간은 잠깐이었을 테지만, 민 사장에게는 영원처럼 길게 느껴졌었다.

그 눈동자가 머릿속에 들어오는 것을 막아야 한다는 생각과 동시에, 그것을 오래도록 보고 싶다는 상반된 기분을 느꼈다. 이윽고 입을 연 재인은 놀랍도록 귀여운 미소를 지으며 말했다.

"괜찮아요, 아버님. 민 교수님은 조금 두려워하는 것뿐이에요. 조만간 알게 될 거예요. 두려울 것은 아무것도 없었다는 걸."

* * *

나갈 준비를 마치고 현관문을 열었는데, 문 앞에 성현이 서 있었다. 깔끔한 남색 정장을 입은 그의 모습이 눈부셨다. 그가 들고 있던 봉투를 살짝 흔들었다.

"아침 같이 먹을까?"

편의점 봉투였다. 아마 그 안에 담긴 것은 샌드위치일 것이다.

오래되었다면 오래 되었고, 가깝다면 가까웠던 과거의 일이 떠올라 살며시 미소를 지었다. 성현도 장난스럽게 콧등을 찡그렸다.

재인은 발뒤꿈치를 올려 그의 턱에 살짝 입을 맞췄다.

"안 돼. 어머님이랑 같이 브런치를 즐기기로 했어."

"뭐야, 오늘 오후에 한선이 형 만나기로 했잖아."

"응, 그때까지 어머님이랑 같이 있을 거야. 다녀올게."

"기다려 봐, 여왕님."

성현이 재인의 손목을 잡았다. 장난스러운 말투와 달리 그의 눈은 진지하게 빛나고 있었다.

"다시 한 번 말하지만 난 너만 있으면 돼, 재인아."

"응, 알아."

"넌? 나로는 부족한 거야?"

"응, 부족해."

"헉!"

"나는 욕심이 많은 여자거든. 자, 이제 비켜."

재인의 단호한 요구에 성현은 눈썹을 아래로 늘어뜨리면서도 옆으로 비켜섰다. 재인은 뒤도 돌아보지 않고 엘리베이터로 향했고, 성현은 복도에 혼자 남겨졌다.

얼마나 지났을까. 1110호의 문이 열리고 영민이 복도로 나왔다. 여자친구라도 만나러 가는지 멋스럽게 차려입은 영민이 성현을 흘끗 보며 물었다.

"형님, 또 까이셨어요?"

70세 이상의 혼자 사는 노인이 살해당한 미해결 사건이 7건 발견되었다. 일주일 동안 잠도 제대로 못 자고 찾아낸 결과였다.

"초반 3건은 길에서 그다음부터는 독살이야. 살해방식이 너무 달라서 같은 건이 아닐지도 모르지만."

한선과 성현은 저번에 방문한 적 있는 초콜릿 전문점에 마주 앉아 있었다. 성현은 이번에도 속이 메스꺼울 만큼 단 초콜릿셰이크와 케이크를 시켰다. 한선은 레모네이드였다.

"피해자들 중 은행과 지속적인 거래를 한 사람은 4명. 전부 거액의 돈이 인출되었어."

"사망 시점은?"

"돈을 인출하고 나서 2주에서 4주 사이."

"다른 피해자들은?"

"은행거래는 없었지만 모아 둔 돈이 꽤 많았다는 이야기를 들었어. 폐지를 줍거나 소일거리를 해서 모은 돈을 사용하지 않았던 거지. 상당한 금액일 텐데 사망 후에 발견된 기록은 없고."

"흐음."

성현은 미간을 좁히고 포크로 케이크를 뒤적거렸다.

"관할이 너무 다른 데다가 수법이 교묘하게 달라. 게다가 첫 사건과 마지막 사건 사이의 기간이 2년이고. 그래서 연쇄살인으로 특정 짓지 못한 것 같기도 하다."

"더 있을 거야."

"더 있을 거라고?"

"응. 독거노인들만 조사한 거지? 분명 가족과 함께 사는 노인 중에도 비슷하게 살해당한 사람이 있을 거야. 꼭 살해가 아니더라도 사고사나 병사 같은 걸로. 병사를 가장할 수 있는 약물도 있으니까."

"역시 연쇄살인인 것 같냐?"

"응. 상당히 똑똑한 놈이야. 굉장히 매력적인 녀석일 거야. 은행도 믿지 않는 노인들이 꽉 쥐고 있던 돈을 꺼내게 만들 만큼 매력적인 놈. 호감형의 외모에 단정하겠지. 나이는 20대 후반에서 30대 초반. 건장한 체구에 키도 큰 편일 거라고 생각해. 양질의 교육을 받았을 거고 다정다감하고 목소리는 부드러울 거야. 본인 소유의 자동차와 집이 있고, 겉보기엔 그럴듯한 직업도 가지고 있겠지."

"그럴듯한 직업이 있는 놈이 왜 독거노인들 등을 처먹는 거지?"

한선의 질문에 성현이 비릿한 미소를 지었다.

"겉보기에만 그럴듯한 직업이니까."

"하아. 세상엔 정말 썩을 놈들 많아. 이 빌어먹을 놈들은 아무리 잡아넣어도 또 생겨나고. 바이러스라도 되는 건가?"

"그러게 말이야. 앞으로 어떻게 할 거야?"

"일단 서에 알리고 수사본부를 꾸리든가 해야지. 연쇄살인으로 인정해 줄지는 모르겠지만."

성현과 헤어져 경찰청으로 돌아온 한선은 그동안 모은 자료를 가지고 동료들에게 사건에 대해 전했다.

더 많은 노인들이 피해를 입기 전에 제대로 수사를 해야 한다고 열변을 토했지만, 다들 미심쩍어하는 기색이 역력했다. 살해방식이 너무 제각각인 데다가, 병사로 추정되는 노인까지 끼어 있어서 더 그랬다.

하지만 몇 시간 후, 갑자기 상황이 변했다. 경찰청장이 직접 나서서 수사본부를 꾸리라고 지시를 했는데, 한선은 아마 성현이 손을 썼으리라고 짐작했다.

"꼴통, 이 두 사건은 정 박사가 검시를 했다니까 네가 가서 자세하게 좀 알아 와 봐."

주학의 말에 한선은 인상을 찌푸렸다. 오랜만에 듣는 호칭이다. 정 박사.

혜란과 또래라는 이유로, 국과수에 볼일이 있을 때마다 한선이 찾아가곤 했다. 도통 속을 알 수 없는 혜란이 불편해서 가기 싫었었는데, 이제는 다른 이유로 가기 싫다. 아니, 싫다기보다는 어렵다. 그러는 한편으로는 어떻게 해서라도 이유를 만들어 혜란을 보고 싶으니, 이 모순되는 감정을 어떻게 처리해야 좋을지 모르겠다.

주학에게 이런 이야기를 할 수는 없기에, 한선은 도살장에 끌려가는 개처럼 힘겹게 국과수로 향했다.

혜란은 휴게실에서 컵라면이 익기를 기다렸다.

입맛이 없다.

객관적으로 보면 나쁠 것은 하나도 없었다. 여전히 20대로 보일 만큼 예쁘고, 커리어를 차곡차곡 쌓고 있고, 다정다감하고 좋은 남자를 만나는 중이다. 여자라면 누구라도 부러워할 만한 삶을 살고 있는데, 가슴이 뻥 뚫린 것 같았다. 뚫린 구멍으로 차디찬 바람이 끊임없이 드나들었다.

언젠가 재인이 가슴 위에 손을 얹고 했던 말이 떠올랐다.

"여기가 뻥 뚫린 채로 살아왔어요. 민성현 씨를 만나기 전까지는."

그 아이도 이런 기분이었을까? 수시로 드나드는 찬바람에 심장이 얼어붙어, 그렇게 타인을 거부하며 살아왔던 걸까?

부모님을 잃은 재인과는 비교도 할 수 없는 상황이지만, 아주 조금은 그녀의 기분을 알 것도 같았다. 좋은 남자, 좋은 직장 따위는 아무래도 좋았다. 모든 것이 다 귀찮고 싫어서 땅굴을 파, 안으로 들어가고 싶었다.

그러는 한편으로는 한선이 그리웠다. 이 마음을 자각하기 전에는, 한 달 동안 보지 못해도 괜찮았는데. 한선을 마지막으로 본 지 며칠 지나지도 않았는데 보고 싶어 죽겠다.

잘 익은 컵라면 면발을 한 젓가락 들어 올렸을 때 문자가 왔다. 남현이었다.

[점심은 먹었어?]

답장을 보낼까 하다가 귀찮아서 전화를 걸었다.

"지금 먹으려고. 남현 씨는?"

[난 방금 먹고 들어왔어. 또 컵라면 같은 거 먹고 있는 건 아니지?]

"그냥저냥 챙겨먹고 있어."

남현은 좋은 뜻으로 하는 걱정이겠지만 혜란은 그조차 귀찮았다. 이러면 안 되는데. 남현에게도 예의가 아닌데.

[일은 여전히 바빠? 또 사건 터진 거 아냐?]

"아니, 내가 벌여놓은 일이 많아서 그래. 이거 수습하면 나아지겠지."

[그래. 힘들면 언제든 말하고. 내가 아는 건 없어도 들어주는 건 할 수 있으니까.]

"응, 고마워."

[얼른 밥 먹어. 이따 시간 날 때 연락할게.]

전화를 끊고 작게 한숨을 내뱉었다. 아무래도 안 되겠다. 이런 관계는 서로를 지치게 할 뿐이다. 남현의 마음이 더 커지기 전에 관계를 정리하는 것이 좋겠다.

[남현 씨, 이따 저녁때 퇴근하고 잠깐 볼 수 있어?]

결심을 하자마자 문자를 보냈다. 곧바로 답이 왔다.

[응. 끝나고 데리러 갈게.]

[아니, 내가 그쪽으로 갈게.]

사귄 건 아니지만 그래도 관계를 정리하는 쪽에서 가는 것이 예의겠지.

결심하고 나니 차라리 마음이 편했다. 한선에 대한 마음을 정리하기 위해 다른 남자를 만나 봐야 더 많이 생각날 뿐이다. 그 마음을 정리한 후에 관계를 맺어가는 것이 좋겠다.

입맛이 뚝 떨어졌지만 그래도 불어터진 면발을 억지로 입에 밀어 넣었다. 맛도 느끼지 못한 채로 우물우물 씹고 있는데 휴게실 문이 열렸다. 마침 그쪽을 응시하고 있던 혜란은, 들어온 사람의 모습에 얼어붙었다.

한선이었다.

"또 라면 먹고 있냐? 밥 좀 제대로 챙겨먹어. 비쩍 말라서는."

이쪽은 보자마자 심장이 뚝 떨어지는 느낌과 함께 얼어붙었는데, 한선은 아무렇지도 않게 잔소리부터 시작했다. 이렇게 '다른 마음'이라는 것을 알게 될 때마다 가슴이 지끈거린다.

애써 감정을 추스르고, 입안에 있던 라면을 꿀꺽 넘겼다.

"무슨 일이야?"

"저번에 말했던 사건 있지? 그거 수사본부가 차려졌어."

"아, 그래?"

"이쪽에서 검시한 게 있어서 알아보러 왔다."

"그래, 가보자."

휴게실에 둘만 있는 게 버거웠다. 스킨향기에 섞인 미미한 담배냄새.

류한선이란 남자의 향기에 익숙해지고 싶지 않았다.

"점심 먹는 중이었잖아. 먹고 일어나."

"아니, 됐어. 입맛도 없고."

"왜 없어? 더위 먹었냐?"

"신경 꺼."

"걱정되니까 그러지."

"그런 말은 재인이한테나 하셔. 내가 쓰러져도 류 형사한테 기대는 일은 없을 테니까."

"야, 뭘 그렇게 까칠하게 굴어? 여기서 재인이가 왜 나오는데?"

"왜? 나는 재인이 이름 좀 부르면 안 되니?"

"아니, 그런 게 아니라……."

"됐으니까 따라오기나 해."

혜란은 앞장서서 걸어갔다. 자신의 행동이 유독 날카롭다는 것은 알고 있지만, 이 마음을 감춰야 한다는 생각이 너무 컸다. 눈빛에서, 몸짓에서 티가 날까 봐 행동을 자제할 수가 없다.

피해자의 검시 보고서를 건네고 정확한 상황을 알려 주었다. 이야기하는 동안 한선은 야구점퍼 주머니에 두 손을 찔러 넣고, 말없이 혜란을 응시하고 있었다. 열심히 듣느라 쳐다보는 거라고 생각하면서도, 그의 시선을 견디기가 힘들었다. 그를 똑바로 볼 수 없어서 바닥을 보며 이야기를 끝냈다.

"더 물어볼 거 있어?"

"그 남자랑은 잘 지내냐?"

생각지도 못한 질문에 인상을 찌푸렸다.

"그래, 잘 지내."

"너한테 잘해 주고?"

"당연히 잘해 주지. 늘 차로 데리러오고 데려다주고, 내가 하는 말도 열심히 들어줘. 이쪽으로 아는 거 없을 텐데도 재미있다는 듯이 내 이야기를 경청해 주는 모습이 좋더라."

마음에도 없는 소리를 주절주절 내뱉었다.

속으로는 '그만해.'라고 생각했지만 멈출 수가 없었다.

"사업을 한다고는 하지만 출퇴근 시간은 확실해서 보통은 내 시간에 맞춰줘. 말할 때도 조곤조곤해서 대화하기 편하고."

"그래. 그거 잘 됐네."

"응, 잘 됐지."

"이제 정 박사한테도 봄이 오는 건가?"

"그러게."

"결혼까지 생각하고 만나는 거야?"

"아무래도 나이가 나이다 보니까."

사실은 오늘 만나서 끝낼 생각이야. 마음에 품고 있는 남자 때문에, 도저히 누굴 만날 수가 없어서 끝낼 거야. 봄? 그딴 거 안 와. 너에 대한 마음을 정리하기 전까지는, 난 계속 겨울일 거야.

그런 말은 속으로 삼켰다.

"그래, 뭐…… 잘 됐네. 다음에 얼굴이나 한 번 보여줘. 어떤 녀석인지 봐줄게."

"내가!"

남의 속도 모르는 한선의 말에 버럭하며 고개를 들었다. 그리고 또 한 번 얼어붙었다. 상상도 못했던 한선의 표정 때문이었다.

미간에 잡힌 주름, 찡그린 눈썹, 붉은 눈시울과 꽉 다물고 있는 입술.

누가 봐도 고통스러운 그의 표정에 심장이 내려앉았다.

"왜…… 그런 표정을 짓고 있어?"

혹시나 하는 마음으로 물었다. 한선이 깜짝 놀란 듯 눈을 크게 뜨고는, 한 손으로 얼굴을 문질렀다. 그의 표정이 원래대로 돌아왔다.

"아니, 연쇄살인 생각하니까…… 기분이 영 안 좋아서. 노인 상대로 하는 살인이라니, 질이 너무 나쁘잖아. 뭐, 살인이야 다 질이 나쁘지만."

그러면 그렇지. 가슴이 싸늘하게 식었다.

바보 같은 기대는 이제 그만하자. 하면 할수록 이쪽만 비참해지니까.

"장어 좋아해?"

혜란이 조수석에 앉아 문을 닫자마자 남현이 물었다.

"나 남현 씨한테 할 이야기가 있어."

"아…… 일단 저녁 먼저 먹자. 요새 제대로 안 챙겨먹었잖아."

남현은 혜란이 무슨 말을 하려는지 눈치챈 것 같았다. 어색하게 웃는 그의 제안을 거절할 수가 없었다.

"그래, 그럼. 저녁 먹으면서 얘기해."

장어라는 메뉴도 혜란의 몸보신을 위해서일 것이다. 이렇듯 다정한 남자인데 마음이 가지 않는 이유를 모르겠다.

자동차를 타고 30분쯤 달려 도착한 음식점에서 장어구이를 시켰다. 불판 위에서 익어 가는 장어를 물끄러미 응시하다가 입을 열었다.

"남현 씨는 정말 좋은 남자야. 여자라면 남현 씨 같은 사람을 만나는 게 행복이겠지."

"그런데 넌 안 행복하다, 그 얘기를 하고 싶은 거지?"

"……미안해, 남현 씨. 나는…… 모르겠어. 이런 마음으로 남현 씨를 만나는 거 미안하기도 하고. 남현 씨가 좋은 여자를 만나서 서로 사랑하고 행복해졌으면 좋겠어."

"나한테는 네가 좋은 여자인데."

남현이 익은 장어를 혜란의 접시 위에 올려주며 말했다.

"아니, 난 좋은 여자 아니야. 남현 씨, 나는 이기적이고 못된 여자야. 사실은 남현 씨를 이용하고 있어."

"진짜로 사랑하는 남자를 잊으려고?"

고개를 들어 남현을 쳐다봤다. 남현은 쓴웃음을 짓고 있었다.

"그런 거라면 이미 알고 있었어."

"어떻게?"

"좋아하니까."

"……."

"이제 와서 하는 말이지만, 호텔 커피숍에서 내 앞에 앉는 너를 보자마자 반했어. 그때는 좀 더 만나보자고 했지만, 사실은 아니야. 첫눈에 반했고 어떻게든 너와의 관계를 유지하고 싶었어. 사랑한다는 말 급하게 하면 가벼운 남자처럼 보일까 봐 호감만 가진 척했는데, 사실 내 마음은 그래."

"남현 씨……."

"사랑하니까 집중해서 보게 되고, 매일 생각하게 되고. 그러다 보니 자연스럽게 알게 됐어. 아아, 이 여자의 마음은 나에게 없구나. 나랑 같이 있으면서도 다른 누군가를 떠올리고 있구나."

"……."

"그래도 괜찮다고 생각했어. 내가 노력하면 되는 거니까. 내가 잘하면 네 마음을 내게 향하도록 만들 수 있으니까. 그래서 모르는 척한 거야."

"미안해……."

"아니, 미안할 거 없어. 이런 경우가 드문 건 아니고, 원래 사랑은 사랑으로 잊는 거라고 하잖아. 언젠가 네가 이런 이야기를 꺼낼지도 모른다고 생각했는데, 내 예상보다 빨리 꺼냈네. 좀 더 이용해도 됐었는데."

"정말 미안해. 남현 씨에게 상처를 주고 싶지 않았는데."

"아니야, 괜찮아. 상처 아니야. 이렇게라도 널 볼 수 있어서 좋거든."

"……."

"혜란아. 나는 정말로 네가 좋아. 네가 날 이용하는 것도 괜찮아. 그냥 하는 말이 아니라 정말로. 나는 이렇게라도 너를 만나고 싶고, 보고 싶어. 안 될까?"

"안 돼. 남현 씨에게 상처를 주고 싶지 않아."

"모를 일이잖아. 네 마음에 있는 남자가 얼마나 대단한 남자인지는 모르겠지만, 계속 나랑 같이 있다 보면 네 마음이 변할지도 모르고."

"……."

"사람 마음이라는 게 그렇잖아. 매일 보고 정이 들다 보면 움직일 수도 있는 거니까, 섣불리 결정하지 말고 좀 더 만나 보는 게 어때? 나, 그래도 나쁘지 않은 남자잖아."

남현의 마음이 버겁도록 고마웠다.

"나쁘지 않은 정도가 아니라, 남현 씨는 정말 좋은 남자야."

"정말 그렇게 생각한다면."

남현이 테이블 너머로 손을 뻗어 혜란의 손을 잡았다. 그리고 혜란을 지그시 응시하며 분명하게 말했다.

"조금만 더 내게 기회를 줘."

* * *

공개된 사건이 아닌데다가 수사본부의 형사들조차도 미심쩍다는 생각을 가지고 있어서, 수사는 지진부진하게 흘러가고 있었다. 연쇄살인으로 짐작되는 살인이 또 벌어진 것은 수사본부가 꾸려지고 2주가 지난 후였다.

신고를 받은 후, 성현과 한선은 눈썹이 휘날리도록 사건현장으로 향했다. 문을 열고 들어가자마자 무언가 썩어가는 비릿하고 역겨운 냄새가 훅 다가왔다. 먼저 도착한 형사 몇몇이 구역질을 하고 있었다.

성현은 역겹지도 않은지 저벅저벅 안으로 들어갔다. 그는 예리한 눈으로 10평도 안 되는 작은 단칸방을 꼼꼼히 살펴봤다.

더운 날씨에 오랫동안 방치된 시체는 흐물흐물하게 녹아내리고 있었다. 입고 있는 옷과 헤어스타일로 노인 여성이라는 것을 알 수 있을 뿐이었다.

"지독하군."

현장을 둘러보며 한선이 무거운 목소리로 중얼거렸다.

"이 상태로 2주는 방치된 것 같은데."

"냄새가 나, 형."

"당연히 나겠지. 얼른 후각이 마비됐으면 좋겠는데."

"아니, 그 냄새 말고."

성현이 눈을 감더니 꽃향기라도 맡는 듯 코를 킁킁거렸다. 근처에 있던 형사들이 기겁하며 성현에게서 떨어졌다. 배태랑 형사들도 코를 쥘 정도로 역겨운 냄새로 가득 찬 곳에서, 향기롭다는 듯 냄새를 맡는 성현의 모습이 기괴했던 것이다.

하지만 성현은 개의치 않았다. 성현의 기이한 행동은 하루 이틀 일이 아니기에, 한선은 성현을 내버려 두고 현장을 살펴봤다.

한참 후, 성현이 한선의 어깨를 잡았다.

"형, 향수냄새가 남아 있었어."

"향수냄새가 남아 있었다고? 몇 주나 지났을 텐데?"

"밀폐된 공간이었으니까. 이웃이 죽음을 눈치채지 못할 만큼."

한선도 코를 벌름거렸지만 시체가 썩어가는 냄새밖에 맡을 수 없었다.

"이곳 주인이 뿌리는 향수는 아냐. 집에 향수가 없으니까. 그렇다면 방문객이 뿌렸을 텐데, 이 향수는 젊은 층이 애용하는 향수지. 이게 무슨 뜻인지 알아?"

"범인은 조금도 경계하지 않았군."

"맞았어. 이게 사건이 될 리 없다고 확신했고, 그래서 조심도 안 했겠지. 분명 이 집에 범인의 흔적이 남아 있을 거야."

성현이 허리를 굽혀 무언가를 집어 들었다. 짧고 검은 머리카락이었다. 그것을 한선에게 건네며, 성현이 차게 웃었다.

"이런 식으로."

검시를 부탁하는 연락을 받았을 때, 혜란은 남현을 만나는 중이었다.

"남현 씨. 나 일이 생겨서 가 봐야 할 것 같아."

"아아, 그래? 데려다줄게."

"괜찮아. 택시 타고 가면 돼."

"그럴 순 없지."

남현이 혜란을 따라 일어났다.

"벌써부터 이런 식으로 밑천을 다 드러냈다가, 나중에 안 데려다준다고 서운해 하면 어쩌려고 이래?"

혜란의 말에 남현이 웃었다.

"나중을 생각해 주는 것만으로도 기쁜데?"

그동안 매일 만나고 같은 시간을 공유하며 많은 대화를 나눠서일까? 남현과 함께 있을 때마다 한선이 떠올라 괴로워지는 일이 줄어들었다. 이래서 사랑은 사랑으로 잊어야 한다는 말이 나왔나 보다.

"살인 사건이라도 벌어진 거야?"

운전을 하며, 남현이 지나가는 말처럼 물었다.

"응. 아무래도 연쇄살인이 벌어지는 것 같은데."

"연쇄살인? 신문에 난 건 없던데."

아차 싶었다. 사건 이야기를 아무한테나 하면 안 되는 건데.

"어떤 사건인데?"

"기밀이야."

"내가 이런 걸 어디 가서 이야기하겠어?"

"그거야 그렇지만……."

"만약 이 얘기가 퍼지면 내가 퍼뜨린 게 되는 건데, 아무한테도 말 안 해. 이런 얘기를 할 만큼 자주 만나는 친구도 없고."

“듣기 좋은 이야기는 아닐 텐데. 살인 사건 이야기를 해 봐야 기분만 나빠지잖아.”

“그래도 난…….”

마침 신호에 걸려 차가 멈췄다. 남현이 혜란을 돌아봤다.

“네가 하는 일에 대해 더 많이 알고 싶고, 네 감정을 공유하고 싶어.”

사랑하는 남자가 있다, 사실은 당신을 이용하고 있는 것이다, 라고 말했는데도, 남현은 꾸준히 애정을 표현해 왔다. 짝사랑하는 기분을 알기에, 혜란 역시 그것을 하고 있기에, 그의 진심이 느껴져 가슴이 저릿했다.

“그래, 그럼 이거 정말 다른 데 알리면 안 돼.”

라고 말한 후, 혜란은 차분하게 노인을 대상으로 한 연쇄살인에 대해 설명하기 시작했다. 혜란도 아는 게 많지 않은데다가 간추려서 말했기 때문에, 국과수에 도착하기 전에 이야기가 끝났다.

“그 형사구나.”

“응?”

“네가 사랑하는 남자.”

심장이 철렁했다.

“부럽다, 그 남자.”

“……부러워할 거 없어. 이제는 걔한테 아무 감정 없으니까.”

“그래?”

“그래.”

“알겠어. 그럼 희망을 버리지 않을게.”

남현의 대답을 들으며 혜란은 오른쪽으로 고개를 돌렸다. 차창에 혜란의 얼굴이 비쳤다. 혜란은 그 얼굴을 보는 순간, 또다시 가슴이 철렁했다.

"걔한테 아무 감정 없으니까."

그 말을 하는 순간부터 짓고 있던 표정이, 한심할 만큼 고통스러워 보였기 때문이다.

[혜란아. 정말로 내가 흘린 거 아냐.]

노인을 대상으로 한 연쇄살인이 벌어지고 있다는 기사가 조간에 올라왔다. 인터넷은 순식간에 시끄러워졌고, 지금껏 연쇄살인인지도 몰랐던 경찰들을 향해 맹비난이 쏟아지고 있었다.

"응, 알아. 기자가 그 근처에 있다가 뭔가 이상해서 조사를 했던 모양이야."

[하아. 그럼 우린 아무 문제없는 거지?]

"응, 애초에 남현 씨를 의심하지도 않았어."

복도에서 남현과 통화를 하다가 입구 쪽에서 걸어오는 인영을 발견했다. 장신의 그림자를 보는 순간, 심장이 쿵, 쿵, 쿵, 거칠게 뛰기 시작했다.

"그, 그럼 끊을게. 일하는 중이라서."

[그래. 한가해지면 연락해.]

"응."

건성으로 대꾸하고 서둘러 전화를 끊었다. 한선에게 남현과 통화를 하는 모습을 들키지 말아야 하는 이유는 없었다. 하지만 보이고 싶지 않았다.

'좀 나아진 줄 알았는데.'

남현과 함께 있을 때는 한선에 대한 생각이 물밀듯 밀려오지 않아서, 많이 괜찮아진 줄 알았다. 조금만 더 있으면 이 감정도 사라지리라고, 예전처럼 돌아갈 수 있을 거라고 여겼다.

아니었다. 사라지기는커녕, 오랜만에 보는 그의 모습에 심장이 터질 것처럼 뛰었다. 사건 때문인지 한선은 눈에 띄게 수척해 보였다. 눈가의 거뭇한 기미가 안쓰러웠다.

"여어, 정 박사."

한선이 평소보다 낮은 음성으로 혜란을 불렀다. 남현이 불러 주는 다정한 '혜란아.'보다 한선의 툽상스러운 '정 박사.'가 더 듣기 좋다니. 정말이지, 중증이다. 지긋지긋하다, 이런 마음.

"밥은 잘 챙겨먹나?"

"검시 보고 들으러 왔어?"

"어어. 특별한 거 있냐?"

"독살이 아니고 수면제 과다복용이야. 그런데 목에 졸린 자국이 있더라. 손으로 목을 조른 것 같아. 볼래?"

"아니, 됐어. 네가 그렇다면 그런 거겠지."

"……경찰청은 난리지?"

"응, 뭐. 이런 일 터지면 늘 그렇지."

"잠은 좀 잔 거야?"

한선이 피식 웃었다. 쓸쓸해 보이는 미소에, 또 가슴이 저릿했다.

"이상하게 계속 꿈자리가 뒤숭숭하네."

"악몽이라도 꿔?"

"응."

"어떤?"

"글쎄. 기억이 잘 안 나."

한선이 어깨를 으쓱했다.

말은 그렇게 했지만, 한선은 사실 꿈의 내용을 똑똑히 기억했다.

혜란과 남현이 나오는 꿈이었다. 둘의 다정한 모습이라면 차라리 나을 텐데, 남현이 혜란의 목을 조르는 꿈을 반복해서 꾸고 있었다. 자신의 질투와 열등감이 무의식에서 드러나는 것 같아 처참했다. 이런 건 성현과 재인에게도 말할 수 없다.

"아, 네 남친 말이야. 잘해 주냐?"

"……신경 꺼."

"끄려면야 끌 수 있지만…… 정말 괜찮은 사람인 거지?"

"그걸 왜 그렇게 신경 쓰는데?"

"겉보기에만 멀쩡한 놈들도 많으니까."

"내가 그 정도 눈도 없을 거라고 생각하는 거야?"

"아니, 그런 말이 아니고."

"걱정 마, 류 형사. 내 남자는 내가 알아서 잘 판단하고 고를 테니까. 류 형사는 류 형사 연애에나 신경 쓰지 그래?"

"그래, 뭐. 그래야지."

이번에도 한선은 쓸쓸해 보이는 미소를 지었다. 아마도 재인을 떠올린 것이겠지.

이런 와중에도 울컥 화가 치미는 자신을 이해할 수가 없었다.

'그래, 재인이가 예쁠 만도 하지.'

재인은 그렇게 힘들게 살았으면서도 자신의 감정을 타인에게 쏟아 내지 않는 강인한 여자였다. 짝사랑 좀 한다고 울컥울컥 화를 내고 까칠하게 구는 자신과는 천지 차이였다. 재인은 사랑을 받을 만 하다.

차라리 재인과 한선이 잘 되었더라면 좋았을 텐데. 그러면 술김에 키스를 하는 일도 없었을 거고, 이 감정을 자각하는 일도 없었을 것이다.

"아, 그저께 사건 현장에서 민성현이 또 이상한 짓 했다?"

"이상한 짓?"

"너도 알겠지만 시체가 오래 방치돼서 냄새가 장난이 아니었거든. 그런데 거기에 섞인 향수냄새를 찾아내더라. 그 반 뭐라더라…… 국내에선 구하기 힘든 향수라던데."

"반더빌트?"

"어, 그런 이름이었던 것 같아. 하여간 민성현 그 자식은 평범한 구석이 없어. 어떻게 그 상황에서 며칠이나 지난 향수냄새를 맡을 수 있는 거지? 후각마저 인간의 것이 아닌 건가?"

한선이 중얼거리는 말이 귀에 들어오지 않았다. 며칠 전 남현과의 대화가 떠올랐기 때문이다.

"향수, 뭐 써? 향기 좋다."

"아아, 반더빌트라고 하는데 국내에선 구하기 힘들어. 하나 구해 줄까?"

마른침을 꿀꺽 삼켰다. 왜 그 대화가 떠오른 걸까?

국내에서 구하기 힘들다고는 해도, 글로벌 시대이니 구하려면 어떻게든 구할 수 있다. 한정판이 아닌 이상 누구라도 뿌리고 다닐 수 있는 향수

중 하나일 뿐이다.

'우연이겠지. 향수가 맞춤형으로 하나만 나온 것도 아니고.'

혜란은 과민하게 생각하는 자신이 우스웠다. '있잖아. 내 남자친구가 반더빌트 향수를 뿌려. 이 남자가 연쇄살인범인 건 아닐까?' 이런 소리를 하면 한선도 비웃을 터였다.

"아무튼 류 형사."

혜란은 마음을 가다듬었다.

"앞으로 많이 바빠질 텐데 힘내."

"그래, 너도."

착각일까?

한선은 하고 싶은 말이 남은 듯 망설이다가 돌아섰다. 혜란은 아랫입술을 잘근 깨물고 그의 뒷모습을 응시했다. 그는 천천히 걸어갔고, 혜란은 깊은 한숨을 내쉬며 작은 목소리로 속삭였다.

"류 형사. 야, 류한선. 나 너 사랑해. 널 사랑해."

노을이 지고 있었다. 전에는 노을에 물든 주홍빛 하늘이 끔찍이도 싫었다. 황량한 사막 같은 느낌이 들었기 때문이다. 하지만 이제는 싫지 않다.

'하늘 참 예쁘다.'

라고 생각하며 동래 아파트 입구에 들어섰다. 재인은 쇼핑백을 들고 있었다. 오늘도 조 여사와 백화점을 돌았는데, 조 여사가 원피스와 샌들을 사주었던 것이다.

"내가 그렸던 그림이란다."

이런 거 사주시지 않아도 된다고 말하는 재인에게, 조 여사가 말했다.

"난 내 딸과 이런 걸 하고 싶었어."

그렇게까지 말하는데 거절할 수가 없었다. 조 여사를 만날 때마다 텅 비어 있었던 옷장이 조금씩 채워졌다. 재인은 옷장이 가득 차는 만큼 조 여사의 마음도 가득 찼으면 좋겠다고 생각했다.

건물로 걸어가는 재인의 시야에 무언가가 잡혔다. 그쪽으로 흘끗 시선을 돌린 재인은 작게 한숨을 내쉬었다. 놀이터에 성현이 쭈그리고 앉아 있었다.

정장을 입은 장신의 사내가 모래바닥에 쭈그리고 앉아 무언가를 만드는 모습은 참으로 괴상하다. 이 남자는 잠시라도 평범할 수는 없는 걸까?

재인은 모르는 척할까 고민하다가 결국 놀이터로 들어갔다. 성현은 흙장난을 하고 있었는데, 그게 아주 본격적이었다. 물이 가득 담긴 양동이, 모양을 내기 위한 종이컵. 성현은 모래에 물을 부어, 모래성을 짓고 있었다.

상당히 오랫동안 만들었는지 모래성은 거의 완성단계였다.

"왔어?"

성현이 돌아보지도 않고 물었다. 삐친 기색이 역력한 목소리였다.

"응, 뭐하고 있었어?"

"성을 짓고 있어."

"그런 건 보면 알아. 왜 여기서 성을 짓고 있는 거야?"

"애인에게 버림받았으니 성을 짓고 그 안에 들어가서 살려고."

"그래, 알겠어. 그럼 수고해."

상대해 주기도 귀찮아서 휙 돌아섰다. 성현이 벌떡 일어나 재인을 뒤에서 끌어안았다. 그의 팔이 재인의 잘록한 허리를 단단히 감았다.

"유재인."

성현이 재인의 목덜미에 얼굴을 묻고 속삭이듯 불렀다.

"나 심심해."

"그럼 글이라도 써. 당신 글을 기다리는 독자들이 많잖아."

"쓸 거야. 쓸 건데 지금은 아냐."

"그럼 계속 모래성이나 짓든가."

"내 여왕님은 너무 매정해. 자꾸 이러면 나 엇나갈 거야."

"지금도 충분히 엇나간 상태야."

"차원이 다를걸."

"어떤데?"

"여왕님 앞에 누워서 발버둥 치고 떼쓸 거야."

"그런 건 곤란해."

"그치? 그러니까 나랑도 좀 놀아줘."

"뭘 하고 싶은데? 같이 모래성 만들고 싶어?"

재인의 질문에 성현이 씩 웃으며 그녀의 귓불을 살짝 깨물었다. 재인이 바르르 몸을 떨었다.

"정식 데이트하자. 근사한 레스토랑에서 저녁을 먹고 북악산 스카이웨이에 가서 야경을 감상하는 거야. 어때?"

"알겠어. 그리고 당신한테 하나 부탁하고 싶은 게 있는데."

재인은 뒤로 돌아섰다. 성현이 허리를 감은 팔에서 힘을 빼지 않는 바람에, 그에게 폭 안긴 자세로 그를 올려다보며 말했다.

"데이트 신청 좀 평범하게 해. 놀이터에서 이런 짓 하지 말고."

레스토랑 예약을 해 뒀었나 보다. 들어가서 이름을 말하자 웨이터가 정중하게 창가 자리로 안내를 했다. 일만 하느라 이런 데에 무지한 혜란이기에, 별 생각 없이 자리에 앉았다. 커다란 창문 가득 진청빛 하늘이 펼쳐져 있었다. 아래로 펼쳐진 야경이 별빛 같았다.

"서울의 야경이 아름다운 이유는 야근을 하는 사람들 덕분이란 말이 있지."

라고 남현이 말했다. 혜란은 작게 웃었다.

"나도 늘 거기에 일조했었는데, 남현 씨 덕분에 이런 데를 다 와보네."

"여긴 칠리크랩이 유명해. 갑각류 알레르기 같은 거 없지?"

"응, 다행히 음식에 알레르기는 없어. 아, 나 오늘은 와인 마실래."

"그래, 주문은 내가 할까?"

"응, 부탁할게."

남현은 웨이터를 불러 능숙하게 주문했다. 손님이라고 해서 웨이터를 무시하는 기색이 전혀 없었다. 정중한 그의 모습을 보는 것이 나쁘지 않았다.

정장을 입은 남현은 근사한 레스토랑과 아주 잘 어울렸다. 이런 곳에 익숙한 듯 행동하는 그의 모습을 보며, 여자들에게 인기가 있을 타입이라는 생각을 했다.

"연쇄살인 건은 어때?"

혜란의 잔에 와인을 따라주며, 남현이 물었다. 생각지 못한 질문이었다.

“응?”

“노인을 대상으로 한 연쇄살인 사건. 경찰 쪽에선 뭐래?”

불현듯 ‘반더빌트 향수’에 대한 이야기가 떠올랐다. 팔뚝에 소름이 돋았다.

“관심이 많네.”

남현에게서 시선을 떼며 중얼거렸다.

예민하게 생각하는 거다. 반더빌트 향수를 쓴다는 것 하나만으로 남현을 의심해서는 안 된다. 그렇게 생각하면서도 불안감이 싹트는 것을 막을 수가 없었다.

이 남자는 왜 이렇게 이쪽 일에 관심이 많은 걸까?

생각해 보면, 남현은 항상 이상할 정도로 지대한 관심을 보였다. 단지 마음에 드는 여자의 일이기 때문은 아닌 것 같았다.

‘아냐, 내가 너무 예민하게 생각하는 거야. 원래 다정다감해서 내 이야기를 들어주는 게 좋은 걸지도 몰라.’

“관심이 많지. 네가 하는 일이니까.”

남현이 대답했다. 비명을 지르고 싶었다.

내가 하는 일은 부검까지야! 경찰 쪽의 일은 내 일이 아니라고!

하지만 관뒀다.

“게다가 요새 이슈이기도 하고.”

“그래?”

“응. 범인 이미지는 잡혔대? 신문에 난 걸 보니까 피해자 사이에 연관이 없다던데.”

"모르지, 난 그쪽으로 아는 게 없어서."

"아아. 국과수는 수사 쪽엔 관여 안 하나?"

"응. 부검하고 보고서 넘기고 끝이야."

"그래. 그럼 내가 괜히 사건 이야기를 꺼냈네. 네가 싱숭생숭할 것 같아서 꺼낸 건데……."

남현의 변명에 마음이 풀어졌다.

그래, 그저 혜란의 일에 관심을 가져준 것뿐이다. 그걸 증명이라도 하듯 남현은 그 후로 사건 이야기를 꺼내지 않았다.

"공연 좋아해?"

"어떤 공연인가에 따라서."

"신나는 거."

"그럼 좋아해."

남현이 웃었다.

"그럴 줄 알았어."

그의 상큼한 미소를 보자, 일말의 의심까지도 사라졌다. 바보 같은 생각으로 관계를 무너뜨릴 뻔했다. 참 좋은 사람인데.

주문한 음식이 나왔다. 칠리소스가 뿌려진 커다란 게는 보기에도 먹음직스러웠다. 포크와 나이프를 들 때였다. 레스토랑 안이 술렁거린 것은.

"우와."

혜란의 어깨너머를 응시하던 남현이 작은 감탄사를 내뱉었다.

"모델인가?"

그의 중얼거림에 혜란은 고개를 돌렸다. 그리고 발견했다. 손을 꼭 붙잡고 걸어오는 선남선녀 커플을. 성현과 재인이었다.

이곳에서 혜란 커플을 마주칠 줄은 몰랐다. 혜란이 만나는 남자가 있다는 이야기는 한선에게 들었다. 하지만 그 광경을 목격하게 될 줄이야.

재인은 당황했다. 한선을 향한 혜란의 마음을, 그리고 혜란을 향한 한선의 마음을 알고 있었다. 때문에 그녀가 다른 남자를 만나는 모습을 보는 것이 그리 달갑지 않았다.

그렇다고 모르는 척을 할 수도 없어서 망설이는데, 성현은 그들을 향해 성큼성큼 다가갔다.

"이야, 이런 곳에서 정 박사님을 해후할 줄이야."

그는 늘 그렇듯 과장된 연극조로 말했다.

"나도 이런 곳에서 민 교수를 보게 될 줄은 몰랐네. 재인아, 잘 지냈어?"

"네, 정 박사님. 바쁘시죠?"

"늘 그렇지, 뭐. 넌 어때?"

"저도 그냥 그렇죠."

생각보다 자연스럽게 혜란을 대할 수가 있었다. 재인은 혜란을 똑바로 볼 수가 없었는데, 그녀의 눈이 당혹스러운 슬픔으로 가득 차 있었기 때문이다. 혜란 역시 한선이 아닌 남자와 함께인 것이 즐겁지 않고, 그 마음을 재인에게 들키고 싶어 하지 않는다. 그래서 재인은 성현과 얼른 이곳을 떠나고 싶었다.

하지만 성현이 계속해서 혜란에게 말을 거는 바람에, 멀거니 그곳에 서 있을 수밖에 없었다. 그러다가 눈을 드는 순간, 혜란의 남자와 눈이 마주쳤다. 남자가 어색하게 웃으며 고개를 숙였다.

"안녕하세요."

그제야 남현의 존재를 깨달은 혜란이 두 사람에게 그를 소개시켜주었다.

"인사해. 주남현 씨야."

"정 박사님의 이겁니까?"

라며, 성현이 새끼손가락을 들어 보였다. 성현의 바보 같은 행동에도, 재인은 한숨을 내쉴 생각을 하지 못했다. 재인의 눈동자는 남현에게 고정되어 있었다.

뚫어져라 쳐다보는 재인 때문에 남현은 당황한 듯했다. 하지만 재인은 시선을 돌리지 않았다. 재인의 행동을 눈치챈 성현이 그녀의 어깨에 가볍게 손을 얹었다.

"그럼 두 분의 달콤한 시간을 위해, 우리는 우리 자리로 갈까?"

"아, 그래."

재인은 퍼뜩 정신을 차렸다.

"그럼 좋은 시간 보내세요. 다음에 봬요, 정 박사님."

둘의 자리는 혜란의 자리와 완전히 반대쪽이었다. 재인은 성현이 빼준 의자에 앉으며 말했다.

"저 남자. 주남현이란 남자."

재인의 눈은 남현의 뒤통수에 고정되어 있었다.

"사람을 죽인 적이 있어."

"흐응."

성현은 별로 놀랍지 않다는 듯 자신의 자리에 앉았다. 성현 때문에 남현의 모습이 보이지 않았다.

"잠깐 비켜 봐, 민성현 씨."

"안 돼. 지금은 다른 남자 보지 마."

"그럴 때가 아냐. 정 박사님이 만나는 남자잖아."

"그래. 하지만 뒤통수를 본다고 답이 나오는 건 아니잖아. 그러니까 지금은 나를 봐."

"민성현 씨, 당신은 정말 바보 멍청이 어린애야."

"응, 맞아. 그게 내 매력 중 하나지."

"대체 그걸 왜 매력이라고 생각하는 거야? 제발 당신의 단점으로 생각해 줄 수 없어?"

"없어. 단점조차 장점으로 보이게 만드는 것 또한 내 매력이거든."

"……메뉴판이나 내놔."

"내 여왕님은 점점 거칠어지는 것 같아. 거친 여왕님도 좋지만 가끔은 나긋나긋한 여왕님도 좋아. 침대 위에서처럼."

"시끄러."

재인은 투덜거리며 메뉴판을 읽어 내려갔다.

"여긴 칠리크랩이……."

"난 이거."

성현의 말을 귓등으로 들으며 아무 거나 대충 골랐다. 성현이 입술을 비쭉거렸다.

"우리 오랜만에 하는 데이트야."

"얼마 전에 영화 봤잖아."

"얼마 전이 아니지. 일주일도 넘었어."

"그런 건 아무래도 좋아."

재인은 한 손을 들어 웨이터를 불렀고, 서둘러 주문을 했다. 그리고 성현에게 말했다.

“죄책감 같은 게 아냐. 살인자의 눈이야. 그것도 여럿 죽여 본 살인자의 눈.”

성현이 싱긋 웃었다.

“응, 게다가 반더빌트를 뿌렸더군.”

“반더빌트?”

“향수 이름이야.”

“그게 왜?”

“이번 노인 연쇄살인 사건의 범인이 반더빌트를 뿌렸거든.”

“…….”

“범인은 겉보기에 멀쩡하고 적당한 직업을 가진, 다정다감한 남자야. 상당히 호감형에 목소리는 나직하고 부드러울 거고. 하지만 머리가 썩 좋진 않아. 이런 류는 자기 범죄의 수사과정을 가까운 곳에서 보고 싶어 하지.”

“그래서군. 정 박사님에게 접근한 이유.”

“글쎄. 주남현이 범인이라고 단정할 수는 없으니까. 일단 저녁 먹고 가서 떠볼까?”

마음이 급했다.

다른 사람도 아니고 혜란의 일이다. 혜란이 위험에 처하게 둘 수는 없었다.

“하나 알아둬, 여왕님. 지금 연쇄살인범을 잡아넣을 증거가 상당히 부족해. 머리카락 몇 가닥이 있을 뿐이야. 너무 자극하면 안 돼.”

“알겠어.”

음식이 나오자마자 허겁지겁 먹어치웠다. 혜란 커플보다 늦어지면 안 되기 때문이다. 하지만 성현은 속 터질 정도로 느긋했다.

"빨리 먹어."

"내 나이 7살 때 이후."

"7살 타령 좀 그만해. 어, 정 박사님 일어난다."

"그래? 그럼 우리도 일어나볼까?"

성현이 언제 여유를 부렸냐는 듯 훌쩍 일어났다. 재인은 황급히 그의 뒤를 따랐다.

"계산은?"

뒤늦게 계산을 하지 않았다는 걸 깨닫고 물었다. 성현이 대수롭잖다는 듯 대답했다.

"괜찮아. 계열사라서."

"아, 맞다. 당신 부자지."

"할아버지랑 아버지가 부자지. 자, 가 봐. 가서 읽어내, 여왕님. 저 남자가 연쇄살인의 범인인지, 아닌지."

성현이 재인의 등을 살짝 떠밀었다. 재인은 빠른 걸음으로 혜란의 커플에게 다가갔다. 막 문을 열던 남현이 재인을 보고 빙그레 미소를 지었다.

"지금 나가시는 건가요?"

"네, 저희도 다 먹어서요."

재인이 담담하게 대꾸했다. 재인이 혜란의 얼굴을 볼 수 없듯, 혜란도 재인을 똑바로 보지 못했다.

"여기 맛있죠?"

어색해하는 혜란 대신 남현이 물었다.

"네, 맛있어요. 칠리크랩 드셨죠?"

"네."

"여긴 자주 오세요?"

"자주는 아니고, 이번이 두 번째예요."

'거짓말.'이라고 생각했지만 재인은 모르는 척 넘겼다.

"차 가지고 오셨어요?"

"네. 그쪽은요?"

"저흰 택시 타고 왔어요."

"아아, 태워다 드릴까요?"

"아니요, 괜찮습니다. 아 참, 그러고 보니 최근에 노인을 대상으로 한 연쇄살인 사건이 일어나고 있다는데, 아세요?"

움찔—

어깨를 떤 사람은 혜란이었다. 남현을 주시하는 재인은 몰랐지만, 성현은 그것을 똑똑히 목격했다.

"네, 흉흉하더라고요. 대체 누가 힘없는 할아버지, 할머니한테 그런 짓을 하는지."

"그러게 말이에요. 경찰 쪽 얘기로는 범인이 돈 없는 노숙자일 가능성이 높다고 하더라고요."

"아, 그렇습니까? 유재인 씨도 경찰 관계자인가요?"

"아니요. 제가 아니라 제 애인이요."

"아아."

남현이 새삼스럽다는 듯 성현을 올려다봤다. 성현이 싱긋 미소를 지었다.

"아무래도 노숙자가 제압이 가능한 노인들을 상대로 강도짓을 하다가, 죽이는 편이 뒷처리가 깔끔하다는 걸 알고 계속 살인을 저지르는 것 같대요. 아마 다음 살인은 XX동 근처에서 일어날 것 같다던데."

"XX동이요?"

"네, 그쪽에 노숙자 쉼터가 생기거든요. 노숙자들이 그쪽으로 이동할 것 같다고……."

"아, 그렇군요."

"이쪽은 위험하진 않겠지만 그래도 혹시 모르니까 정 박사님 좀 잘 부탁드릴게요."

"네, 걱정 마세요. 조심해서들 들어가세요. 오늘 반가웠습니다."

인사를 하고 돌아섰다. 재인은 성현의 팔에 팔짱을 끼고 걸어갔다. 그들과 충분히 멀어진 후 성현이 물었다.

"XX동에 정말로 노숙자 쉼터가 생겨?"

"응. 그리고 저 남자의 다음 범행은 그 근처일 거야. 그 근처에 사는 노인들을 주시하는 게 좋겠어."

"저 남자야?"

"응, 당신도 눈치챘잖아."

성현이 미소를 지었다. 하지만 정면을 노려보는 재인은 그의 흐뭇한 미소를 보지 못하고 덧붙였다.

"저 남자가 살인범이야."

달리는 자동차 안에서 혜란은 눈을 감았다. 남현과 대화를 하고 싶지 않았다. 심장이 쿵쾅쿵쾅 뛰었다. 이 소리를 남현이 눈치채지 못했으면 좋겠다.

'이 남자구나.'

재인이 질문을 퍼부었다. 게다가 있지도 않은 일을 사실인 척 이야기했다.

'이 남자가 살인범이구나.'

남현은 바쁘다고 했다. 재인 커플을 만나고 일주일만의 일이었다.

[이번 주는 좀 바쁠 것 같은데, 주말에 볼까?]

"응, 그래."

라고 대답하고 서둘러 전화를 끊었다.

남현은 살인범이다.

좋은 남자를 만나 간신히 한선을 잊을 수 있을까 싶었는데 살인범을 만나고 있었다니. 고르고 골라 만난 남자가 살인범이었다니. 창피하고 한심하다. 이런 얘기는 누구에게도 할 수 없었다.

재인과 성현이 얼마나 우습게 생각할까. 한선도 얘기를 들었겠지. 그런 말들을 쏟아 부었는데, 속으로 얼마나 비웃을까.

살인범을 계속 만나고 싶지 않았다. 무섭다기보다는 모든 것이 다 귀찮았다. 하지만 만날 수밖에 없는 이유는 사건 때문이었다.

사건은 해결되지 않았다. 잡아넣을 만한 확실한 증거가 없다고 들었다. 머리카락 몇 올쯤은 근처에 방문했다가 떨어뜨렸다고 변명하면 그만이다.

'뭔가 벌어질 때까지는 그놈의 일상을 변화시켜선 안 돼.'

혜란이 수상하게 여긴다는 걸 눈치채면 놈은 생각지도 못한 행동을 할 터였다. 그렇게 놔둘 수는 없었다.

눈을 번쩍 뜨고 모니터를 노려봤다. 보고서를 써야 하는데 머릿속이 텅 빈 것 같다. 뭘 하고 있는 건지 모르겠다.

'나, 왜 이렇게 됐지?'

멋진 인생을 살고 있다고 생각해 왔다. 여자 나이 서른 몇 살 운운하는 말 따위는 무시해 왔다. 여자 나이가 몇 살이든 자기 일을 가지고 당당하게 살아가는 여자면 된다고, 남자 따위 필요 없다고 생각했다.

하지만 지금 이 모습은 뭐란 말인가.

짝사랑하는 남자는 다른 여자를 사랑하는데, 바보처럼 질척거리고 있다. 그의 마음이 어디에 있는지 알면서도, 그 남자를 잊기 위해 다른 남자나 만나고 있다. 게다가 그 남자는 살인범, 그것도 힘없는 노인을 죽이는 인간쓰레기다.

'내가 왜……?'

남자 그거, 없어도 그만인데 왜 자꾸 생각하고 있는 걸까? 다른 여자를 짝사랑하는 남자 따위, 훌훌 털어 내면 그만인데. 왜 자꾸 그의 넓은 가슴에 얼굴을 묻고 엉엉 울고 싶어지는 걸까?

'일하자.'

혜란은 두 손으로 짝 소리가 나게 양 볼을 때렸다.

오랜만에 혼자서 택시를 타고 집으로 돌아왔다. 오피스텔 앞에 도착했을 때는 꽤 늦은 시간이었다. 오피스텔 입구에 카드키를 대려던 혜란은 우뚝 움직임을 멈췄다. 누군가의 기척이 느껴졌기 때문이다.

휙 돌아보자 그림자 하나가 벽 뒤로 쑥 들어가는 게 보였다. 그림자만 보고도 누군지 알 수 있었다.

"류 형사?"

스륵—

무시할 줄 알았는데, 한선은 한 번 부른 걸로 모습을 드러냈다.

"여어."

한선이 어색하게 한 손을 들어 올렸다.

그의 수더분한 모습에 왈칵 눈물이 쏟아지려 했다. 목이 메었지만 꿀꺽 꿀꺽 눈물을 삼켰다.

"뭐야?"

"그냥 뭐…… 잘 사나 싶어서."

"바보 형사 같으니라고. 미행을 하려면 시치미를 떼야지, 거기서 부른다고 나오면 어떡해?"

"아아, 들켰나?"

"들켰지, 그럼. 바보 같아."

"그래, 내가 좀 바보 같지."

"정말 바보 같아, 너. 왜 사람을 미행하는 거야?"

"취미거든."

"……."

"네가 자꾸 얼굴 볼 때마다 짜증 냈잖아. 이유 없이 짜증 내면 나도 열 받으니까, 네가 짜증 낼 이유라도 만들어 주려고. 내가 따라다니니까 짜증 나냐?"

"……."

바보 같은 건 이쪽이다.

배려 없고 여자 마음 모르는 남자라고 생각했다. 하지만 아니었다. 한선은 혜란을 생각해서, 남현에 대한 이야기를 꺼내지 않고 있었다.

"야, 야. 왜, 왜 울어?"

잘 참았다고 생각했는데 결국 눈물이 흘러나왔나 보다. 한선이 당황하며 뒷걸음질을 쳤다. 쓴웃음이 나왔다. 그래, 남자들은 관심 없는 여자의 눈물을 버거워하지.

하지만 그런 생각도 잠깐이었다.

한선이 다가온다는 것을 깨달을 새도 없이, 혜란은 어느새 그의 품에 안겨 있었다. 담배냄새가 섞인 스킨향이 혜란의 후각을 자극했다. 혜란을 안은 것이 한선이라는 걸, 그의 향기가 분명하게 알려 주었다.

"괜찮아, 정 박사."

한선이 혜란의 등을 토닥토닥 두드렸다.

"괜찮아."

그의 음성은 낮고 부드러웠다.

"정말 괜찮아. 정 박사는 아주 예쁘고 능력도 있잖아. 정말 잘난 여자야. 세상에서 정 박사만큼 잘난 여자도 없을걸."

두근. 두근.

심장이 뛰는 소리가 귀를 울렸다.

누구의 심장 소리일까? 내 것? 아니면 네 것?

"해프닝일 뿐이야. 살다보면 이런 일도, 저런 일도 있는 거잖아. 정 박사가 예쁘고 잘나게만 살아와서 누군가 심술을 부린 거겠지."

어린애한테나 통할 법한 위로를 열심히 하는 한선의 모습에 또 울컥했다.

이 바보 같고 거칠고 여자 마음 하나도 모르는 이 남자는, 왜 이렇게 매력이 넘치는 걸까? 왜 이렇게나 사랑스러운 걸까?

"하아. 그러니까 정 박사. 울지 마. 나, 난감해."

덧붙인 그의 말에 퍼뜩 정신을 차렸다.

"난감……하다고?"

"그래, 난감해."

혜란은 두 손으로 그의 가슴을 밀어냈다. 한선은 정말 난처한 표정을 짓고 있었다.

"난감하게 해서 미안하네. 그런데 어쩌지? 류 형사한테 안아달라고 한 적 없거든? 위로해 달라고 한 적도 없고. 네가 제멋대로 해 놓고 난처해할 거 없잖아."

"그럼 어떡해? 네가 우는데, 그냥 가?"

"그래, 그냥 가. 모르는 척해! 류 형사한테 기대하는 거 하나도 없으니까!"

"아, 그래? 나한테 기대하는 거 없어?"

"없어. 있을 줄 알았니? 바보에 멍청이에 욱하는 성격에 꼴통이란 별명에…… 그런 남자한테 내가 뭘 기대해?"

"야, 너 진짜 말이 심하다? 전부터 왜 그렇게 나한테 까칠해?"

"내가 언제?"

"지금도 그러고 있잖아. 너, 그때 술 취해서 키스한 후부터 이러는 것 같은데. 그거 내가 한 거 아냐! 네가 먼저 했거든?"

"아아, 그러셔? 헤픈 여자라서 미안해죽겠네."

"비아냥거리지 좀 마!"

"비아냥거리는 거 싫으면 그냥 가든가. 누가 여기서 날 상대해 달래?"

"야!"

"소리 좀 지르지 마! 난 들어갈……."

돌아서는 혜란의 손목을, 한선이 거칠게 붙잡아 돌려세웠다. 그대로 끌어당긴 한선이, 혜란의 입술에 입을 맞췄다. 혜란은 떨어지려 했지만, 한선의 두꺼운 팔이 그녀의 허리를 강하게 끌어안고 놔주지 않았다.

그의 입술은 뜨겁고 부드러웠다. 그의 혀가 혜란의 입술을 핥다가 안으로 들어왔다. 거칠면서도 다정한 키스가 길게 이어졌다.

무슨 일이 벌어지는 거지?

그의 입맞춤에 응하면서도 혜란은 정신을 차릴 수가 없었다.

얘가 왜 갑자기 키스를 하는 거야? 술 마셨나? 아니, 술냄새는 안 나는데.

심장이 터질 것 같았다.

한참 후 떨어진 한선이 이글이글 타는 눈으로 혜란을 내려다봤다. 그의 눈을 똑바로 마주할 수가 없는데, 그렇다고 시선을 피할 수도 없었다. 그의 눈동자가 혜란의 눈동자를 붙잡고 놔주지 않았다.

"이유 없이 짜증 내지 마, 정혜란. 이유 없이 비아냥거리지도 마, 정혜란. 그리고 정혜란. 나한테 기대해."

그의 음성이 만들어 내는 이름이 달콤했다.

이 남자, 내가 아는 류한선 형사 맞는 거야?

"뭐, 뭘 기대하라는 거야?"

"앞으로 내가 널 위해 할 것들."

"……어?"

"너한테 보여 줄 내 마음."

"……."

"널 향한 내 사랑."

"무, 무슨 말을 하는지 모르겠어……."

혼란스러웠다.

이 남자가 대체 무슨 소리를 하는 거지?

한선의 미간에 깊은 주름이 생겼다. 한선은 혜란의 손을 꽉 쥐고 중얼거렸다.

"명문대 나와도 별수 없구만. 멍청하긴."

"야, 너!"

"사랑한다고!"

"……."

"모르겠냐? 내가 지금 말하잖아, 사랑한다고!"

"……."

"아, 진짜 미치겠네. 내가 널 사랑한다고. 내가 널 사랑해서 널 잡을 수가 없었거든? 넌 안정적인 직업을 가진 좋은 놈 만나서 사는 편이 나을 거라고 생각했거든? 그런데 안 되겠다."

"……."

"머릿속이 온통 네 생각뿐이라서! 어떻게든 널 내 여자로 만들고 싶다는 생각뿐이라서 안 되겠어. 다른 놈이 아니라, 내가 널 행복하게 해 줘야겠다."

"……."

"하아. 제발……."

언성을 높였다가 낮췄다가 제멋대로 떠들어대던 한선이, 깊은 한숨을 쉬며 혜란을 끌어안았다.

"뭐라고 말 좀 해 봐, 혜란아."

또다시 눈물이 흘렀다.

이번에는 아까와 다른 의미의 눈물이었다. 그의 가슴은 단단했고, 그의 심장은 빠르게 뛰고 있었다. 두근거리는 박동소리가 누구의 것인지, 이제는 분명하게 알 수 있었다.

혜란은 그의 가슴에 얼굴을 묻고 눈을 감았다.

여자 나이 서른 몇 살. 나쁘지 않다.

* * *

한선과의 사이를 밝힌 것은, 노인연쇄살인 사건의 살인범 주남현이 범행을 저지르기 직전 들이닥친 경찰들에게 잡힌 지 일주일이 지난 후였다.

"흐응. 하나도 안 멋지네."

그렇게 중얼거린 건 라연이었다.

"그래도 좋겠다. 부러워요, 언니."

수영이 말했다.

"잘 됐네요, 정말. 축하드려요."

재인이 미소를 지었다.

사실 이들과 만날 계획이 없었다. 경찰청에 볼일이 있어서 왔다가 사건을 도와주러 왔던 재인과 마주쳤다. 수영과 라연을 만나기로 했는데 같이 가자는 재인의 제안에 응해, 경찰청 근처의 커피숍에서 아이스크림을 먹는 중이다.

"재인이 너는? 민 교수 어머님이랑 잘 지내고 있는 거야?"

“네, 잘 지내요.”

“민 교수가 아주 초조한 것 같던데. 자기랑 안 놀아줘서.”

“하아. 정 박사님까지 귀찮게 했어요?”

“응. 아침부터 전화를 걸어서 징징거리더라.”

“하여간 그 남자는 정말…….”

미안하다는 듯 미간을 좁히는 재인의 모습에, 혜란은 안심했다. 이제 재인은 본인이 느끼는 감정을 얼굴에 고스란히 드러낸다. 아주 좋은 현상이다.

“성현이 오빠가 초조해할 만도 해. 어머님 화나면 정말 무섭거든.”

라연이 말했다.

“게다가 그 아저씨는 처음부터 너랑 결혼하고 싶어 했잖아. 그냥 그 아저씨랑 같이 멀리 떠나지 그래?”

수영의 말에 재인이 웃었다.

“네가 아저씨라고 할 때마다 민성현 씨가 하루 종일 나한테 칭얼거려.”

“그 아저씨는 이상하게 오빠라고 부를 수가 없어. 징그러.”

“어머, 왜? 성현이 오빠가 류 형사님보다는 동안인데.”

라연이 성현의 편을 들어줬다.

“누가 누구보다 동안이라고?”

혜란의 뒤에서 낮은 목소리가 들려왔다. 한선이다.

혜란이 고개를 뒤로 젖혔다. 한선이 허리를 굽혀 혜란의 입가를 할짝 핥았다.

“멍충아. 여기저기 아이스크림 묻히고 먹지 좀 마.”

“너 먹으라고 남겨 둔 거야.”

“고마워 죽겠네.”

한선이 웃으며 혜란의 머리를 쓰다듬었다.

“나가는 길에 잠깐 들렀어. 인느님, 아까 고마웠어.”

“아니에요.”

“그럼 좋은 시간들 보내.”

한선이 혜란의 정수리에 입을 맞추고 올 때처럼 훌쩍 나가 버렸다.

“으아, 부럽다. 나도 연애하고 싶어.”

수영이 양팔로 자기 팔뚝을 감싸며 중얼거렸다.

“우리 커플 볼 때는 안 부러워했잖아.”

재인의 말에 수영이 고개를 절레절레 저었다.

“부럽게 생겼니? 그 아저씨랑 연애하면 엄청 피곤할 게 분명한데. 너니까 감당하는 거지, 평범한 여자는 절대 감당 못 할걸.”

“이제 와서 하는 말이지만, 사실 나도 감당하기 힘들었었어.”

라고, 라연이 일생일대의 고백을 털어놓았다.

그들은 조금 웃고 긴 수다를 떨었다.

여자들이 즐거운 시간을 보내는 동안, 성현은 심각한 표정으로 은우와 마주 앉아 있었다. 은우는 팔짱을 끼고 다리를 꼰 거만한 자세로 성현을 응시했다.

“뭐냐?”

“알려 줘.”

“뭘?”

“재인이가 그리는 그림.”

성현은 재인의 앞에서 여유로운 척(물론 재인은 충분히 초조해한다는 것을 느꼈지만) 하고 있었지만, 사실 폭발 직전이었다.

재인과 하고 싶은 일이 아주 많았다. 재인에게 줄 깜짝 선물로 근사한 별장도 구해 뒀다. 재인이 허락만 한다면 거길 신혼집으로 꾸미고 싶었다.

그런데 재인은 조 여사의 일이 해결되지 않으면 성현과 함께할 생각이 전혀 없는 듯했다. 성현은 하루 24시간 같이 있어도 부족하게만 느껴지는데, 재인은 전혀 아쉬워하는 기색이 없었다.

"나는 재인이를 행복하게 해 주고 싶어."

"어, 그건 아주 징그러울 정도로 잘 알고 있어."

"그런데 내가 해 주는 걸로는 뭔가 부족한가 봐. 재인이가 그리는 그림, 그게 재인이의 행복이라면 난 그걸 알아야겠어."

"그래, 알아봐 봐."

"넌 안다면서? 넌 친구라는 놈이 날 위해 그 정도도 못 가르쳐 주냐?"

"누가 안 가르쳐 주겠대? 내가 말했잖아. 딱 하나만 하면 알려주겠다고."

"……."

"그걸 왜 못 하는데? 재인이를 위해 다 할 수 있는 거 아냐?"

"물론 다 할 수 있지."

"그럼 해."

"……진심이냐?"

"진심이다."

"넌 정말…… 지독해, 팀."

"다시 한 번 말하지만, 너한테 배운 거야, 애니."

"……."

"안 할 거면 얼른 나가. 난 아쉬울 거 없으니까."

"후회할 거다, 팀."

"글쎄."

은우가 빙그레 웃었다.

"나는 재인이가 행복해하는 모습을 보고 싶어. 웨딩드레스를 입은 재인이는 놀랍도록 아름답겠지. 하객들은 아마 한 목소리로 말할 거야. 저렇게 아름다운 신부는 본 적이 없다고."

은우의 말에 성현이 꿈꾸는 듯한 표정을 지었다. 잘생긴 친구의 얼굴이 바보처럼 풀리는 것을 보며, 은우는 말을 이었다.

"재인이가 그 자리에서 환하게 미소 짓는 모습은, 너뿐만 아니라 나도 행복하게 해 줄 거야. 나는 재인이를 상당히 좋아하니까."

"……."

"네가 나한테 그걸 하기만 하면, 난 재인이가 그렇게 웃는 모습을 볼 수 있겠지. 그런데 내가 왜 후회하겠어? 안 그래?"

성현이 아랫입술을 잘근 깨물었다.

은우가 하라고 한 짓은 절대로 하고 싶지 않은 일이었다. 자신을 위해서라면 심장에 칼을 꽂더라도 하지 않을 일.

하지만 그것이 재인을 위한 일이라면 달라진다.

웨딩드레스의 재인이라니.

그거 참 듣기만 해도 감개무량하지 않은가.

성현은 결심을 굳히고는, 천천히 은우의 앞으로 걸어갔다.

성현은 은우의 앞에 한쪽 무릎을 꿇었다. 성현의 얼굴에 가득한 모멸감조차 그의 잘생긴 외모를 무디게 만들지 못했다. 평소라면,

'이런 순간에도 잘생긴 얼굴이라니.'

라고 생각했을 은우지만, 이번엔 달랐다. 은우는 성현을 만나고 처음으로 작은 승리감을 맛보는 중이었고, 이런 순간을 만들어 준 재인에게 감사했다.

굳게 다물고 있던 성현의 입술이 서서히 벌어지며, 한 톤 낮은 그의 목소리가 흘러나오기 시작했다.

"이 세상에서 가장 지혜롭고 현명한 친구여."

거기까지 말하고 성현은 입을 다물었다. 은우가 써줬던 문구를 잊었을 리 없다. 한 번 읽고 외울 수 있을 만큼 머리가 좋으니까. 성현이 입을 다문 것은 단지 모멸감 때문이었고, 그것이 은우를 즐겁게 만들었다.

그래, 그동안 이놈을 친구로 둬서 고생했으니 이 정도의 보답은 받아야지.

성현이 다시 입술을 움직였다.

"이 몸의 어리석음을 몰라 지금껏 나 혼자 잘난 줄 알고 세상을 살아온 점, 깊이 반성합니다. 나와 비교할 수 없을 정도로 현명한 내 친구여."

거기까지 말하고 성현은 다시 입을 다물었다. 그의 넓은 어깨가 부들부들 떨리고 있었다. 은우는 성현과 다른 의미로 몸을 떨었다.

아아, 동영상 찍어 두고 싶다. 미국에 있는 친구들에게 보여주면 즐거워할 텐데.

"나 혼자의 힘으로는 도저히 풀 수 없는 이 문제의 해결을 위해 겸손하게 도움을 청하니, 부디 그 지혜로움과 혜안으로 제 어두운 눈을 깨이게 해 주소서. 그흑……."

은우가 적어줬었던 문구를 다 읊은 성현이 결국 허물어졌다.

이 말을 하는 성현이 얼마나 힘들었을지, 은우는 알고 있었다. 제 잘난 맛에 살아온 성현이니 이런 말을 하기까지 수도 없이 고민을 했을 것이다.

하지만 미안하진 않았다.

'내가 당한 게 얼만데.'

라고 생각하며, 은우는 성현을 향해 손을 내밀었다. 성현은 망설이다가 은우의 손을 붙잡고 일어났다. 은우도 일어나 성현을 마주 응시했다.

"장난은 여기까지만 하자."

"장난이라고? 팀, 나는 오늘 내 인생에서 최고로 모멸감을……."

"민성현, 잘 들어. 그리고 잘 생각해. 딱 한 번만 말할 거니까."

"그래."

성현이 순순히 입을 다물었다.

"어린 시절 부모님을 잃은 후, 재인이는 늘 꿈꿨을 거야. 어떤 광경 하나를."

성현의 눈썹 끝이 늘어졌다. 그의 눈동자가 흔들리는 것을 보며 은우는 미소를 지었다. 더 이야기하지 않아도, 이 똑똑한 친구는 깨달았을 것이다.

"그래, 민성현."

은우는 성현의 어깨를 꽉 잡았다.

"그게 재인이가 그리는 그림이야. 어릴 적부터 쭉 품어왔던, 이루지 못할 줄 알았던 소망."

* * *

재인은 가만히 민 회장을 응시했다. 민 회장은 옅은 미소를 짓고 있었다. 짙은 눈썹과 부리부리한 눈은 성현과 똑같다. 성현이 나이가 든다면 민 회장과 비슷한 생김새가 될 것이다.

거대 기업의 총수인 민 회장의 얼굴을 처음 보는 건 아니었다. 간혹 신문에서 본 적이 있었다. 하지만 이런 느낌은 아니었다. 신문에 나온 사진으로는 냉랭하고 엄할 것 같았는데, 앞에 서 있는 민 회장의 눈에는 장난기가 가득했다. 친한 할아버지를 앞에 둔 느낌이다.

다만 한 가지, 민 회장의 눈에도 그것이 있었다.

죄책감, 그리고 작은 비밀. 민 사장과 조 여사에게서도 찾을 수 있는 그것이었다.

"한번 보고 싶었다."

민 회장이 먼저 말을 걸었다. 그제야 재인은 자신이 인사를 하지 못했다는 것을 깨달았다.

"안녕하세요."

실례를 하고 말았다. 어른이 먼저 인사를 하게 만들다니. 하지만 민 회장은 크게 신경 쓰는 기색이 아니었다.

"우리 성현이 마음을 제대로 빼앗았더구나."

"멋대로 밀어 넣더라고요."

버릇없이 들릴 수 있는 말인데, 민 회장은 유쾌하게 웃었다.

"하하하하. 그래, 그 녀석이라면 그랬을 게다. 내 손자지만 정말 제멋대로거든."

"회장님."

"할아버지라고 부르거라."

"아……."

재인의 눈동자가 흔들렸다. 첫 만남에 할아버지라는 호칭을 허락받을 줄은 몰랐다.

할아버지.

불러본 적 없는 호칭이다. 재인의 아버지도, 어머니도, 부모님을 일찍 잃었기 때문이다.

"할아버지."

목소리가 조금 떨렸다.

흔들.

이번에 흔들린 것은 민 회장의 눈동자였다.

"그래, 좋구나."

"……."

"네 과거는 알고 있단다. 이렇게 말하면 싫을지도 모르겠지만…… 사실 네 뒷조사를 했지. 우리 손자가 어떤 여자에게 빠졌는지 알고 싶었거든."

"네에."

"어린 것이 고생이 많았겠구나."

"아……."

말문이 턱 막혔다.

목이 콱 메어 목소리가 나오지 않았다. 꿀꺽, 침을 삼키며 고개를 숙였다. 눈물이 날 것 같다.

"어찌나 외로웠을꼬."

재인의 마음을 알아주는 사람은 늘 있어왔다. 그런데 민 회장의 말에 유독 눈물이 날 것 같은 이유를 알 수 없었다.

머리를 쓰다듬는 손길에 움찔했다. 재인이 싫어한다고 생각했는지 민 회장이 얼른 손을 거뒀다. 재인은 고개를 들어 민 회장을 쳐다봤다.

“괜찮아요.”

“응?”

“더 쓰다듬어 주셔도 괜찮아요.”

재인의 솔직한 말에 민 회장이 귀엽다는 듯 웃었다. 웃으며 재인의 머리를 쓰다듬었다. 성현이 쓰다듬어줄 때와는 다른 느낌이었다.

“사진보다 훨씬 예쁘게 생겼네. 손자며느리가 예뻐서 허구한 날 공식석상에 데리고 나가고 싶어지겠어.”

“감사합니다.”

“자, 그럼 안으로 들어갈까? 아, 우리 며느리에게는 내가 널 예쁘다 했다고 말 하면 안 된다. 질투하니까.”

“네, 할아버지.”

민 회장을 따라 응접실로 향했다.

민 회장의 집은 민 사장의 집과 비슷한 분위기였는데, 조금 더 넓었다. 응접실에는 민 사장과 조 여사가 기다리고 있었다. 재인은 그들에게 꾸벅 인사를 하고 소파에 앉았다.

잠깐 담소를 나누고 있는데 휴대폰이 울렸다.

성현이었다.

이상한 일이다. 재인이 가족들을 만나고 있을 때 전화를 걸지 않기로 약속했는데. 급한 일이라도 생겼나 걱정이 됐다.

“잠시 전화 좀 받고 올게요.”

응접실 밖에 나가자마자 통화 버튼을 눌렀다.

“민성현 씨, 무슨 일 있어?”

[회장님 댁이지?]

"응."

[나, 그 앞이야.]

"아……."

[들어갈게.]

"아, 저기……."

뚝—

전화가 끊겼다. 처음 있는 일이다. 성현은 아무리 급해도 재인과의 통화에서 먼저 전화를 끊지 않았다.

불안했다.

"무슨 일이냐?"

응접실 안으로 들어가자 민 회장이 물었다.

"아, 지금 교수님이 오신다고."

"교수님? 아, 성현이 말이냐?"

"네. 지금 집 앞이라고 하던데요."

재인의 말에 조 여사의 얼굴이 밝아졌다.

지끈—

그녀의 밝은 표정이 가슴이 아팠다. 조 여사는 성현을 사랑하고 있다. 아들을 향한 엄마의 사랑은 재인이 짐작조차 못 할 만큼 클 것이다. 문제는 성현이 조 여사를 믿지 못한다는 데에 있었다. 성현이 조 여사의 마음에 상처를 입힐까 봐 걱정이 됐다.

좀 더 시간이 필요했는데. 조 여사가 진실을 말해 줄 때까지 기다렸어야 했는데.

하지만 성현이 할아버지의 집에 찾아오겠다는 것을 막을 권리는 없었다.

"어머님."

재인은 조 여사의 옆으로 가서 그녀의 손을 꼭 잡았다.

"괜찮아요."

조 여사를 똑바로 응시하며 말했다.

"교수님은 그저 무서울 뿐이에요. 어머님이랑 똑같이."

"그게 무슨……?"

조 여사의 질문을 끊으며, 응접실 문이 벌컥 열렸다. 그리고 성현이 모습을 드러냈다.

불안한 침묵이 흘렀다.

성현은 응접실 안을 한 번 둘러본 후, 재인의 옆에 와서 섰다. 재인은 기계적으로 일어나 성현의 팔을 붙잡았다.

"민성현 씨. 제발……."

"네가 원하는 그림이 뭔지 알았어."

"아니, 나는……."

"아버지, 어머니. 오랜만에 뵙습니다. 할아버지는 뭐, 얼마 전에 뵀죠. 그때보다 더 좋아 보이십니다."

성현이 비아냥거리듯 말했다. 재인은 처음 보는 모습이었지만 당황하지 않았다. 이럴 거라 예상했기 때문이다.

"저는 말입니다. 여기, 이 여자를 위해 못할 것이 없습니다. 내 여왕님을 위해 내 자신을 바치겠다고 맹세했거든요. 그런데 내 여왕님이 바라는 그림이 하나 있더라고요."

재인은 이를 악물었다.

"여러분과 가족으로 지내는 거."

"……."

"그래서 그러기로 했습니다. 여러분이 나와 내 친구들을 건드리지 않으면, 나도 이곳에서 가족으로 지내도록 하겠습니다. 오로지 내 여왕님을 위해서."

또다시 침묵이 흘렀다. 이번에 흐르는 침묵은 아까보다 무겁고 아팠다. 재인은 눈을 질끈 감았다가 떴다.

조 여사의 얼굴이 가장 먼저 눈에 들어왔다. 저 고통스러운 표정을, 성현은 정말로 모르는 걸까? 아니면 모르는 체 하는 걸까?

"아니야, 민성현 씨. 이런 게 아니야."

재인은 간신히 말했다.

"내가 원하는 건 이런 게 아니야. 어머님과 아버님, 할아버지가 원하는 것도 이런 게 아니고."

"왜 그래, 여왕님. 나는 진심이야. 여왕님이 원하면 매일 와서 문안인사를 드리고, 어머니와 쇼핑을 하고 공식석상에도 함께 나가고……."

"그만해, 민성현 씨. 그런 말 하는 거, 민성현 씨도 유쾌하지 않잖아."

"그래, 유쾌할 리 없지. 나는 지금 이 공간에 있는 것 자체가 그리 즐겁지 않거든."

"민성현 씨."

"여왕님이 모르는 게 있어. 차마 말을 못했는데, 우리 부모님은 무서운 사람들이야."

라고 말한 성현은, 한 친구에 대한 이야기를 시작했다. 희준이란 이름을 가진, 어느 유쾌한 친구 이야기였다.

"그 애는 죽었어. 그 애의 가족들도 죽었지. 내 부모님은, 날 위한다는 명목으로 한 가족을 몰살시킬 수 있는, 그런 사람들이야. 내가 원하지 않아도, 내 주변사람들이 날 해칠 거라 생각하면 제거하는 거지."

"민성현 씨."

"이게 좋아 보여, 여왕님? 정상적인 가족이라고 생각해?"

"……."

"재인아, 나는 네가 원하는 걸 다 해 주고 싶어. 하지만 이 가족은 잘못되어 있어. 이 가족은 네가 원하는 그림을……."

찰싹—

재인의 손이 성현의 뺨을 가볍게 때렸다. 성현이 놀란 듯 눈을 크게 떴다. 성현뿐이 아니었다. 응접실 안에 있는 모두가 숨도 쉬지 못하고 가만히 재인을 지켜보고 있었다.

재인은 무표정하게 성현을 응시했다.

"못된 소리 그만해, 민성현 씨. 어리광도 지나치면 독이야. 더 이상 부모님을 상처 입히지 마."

"재인아, 나는……."

"날 위하는 거라고 말하지 마. 민성현 씨는 단지 자기가 원하는 대로 되지 않아서 제멋대로 구는 것일 뿐이야. 민성현 씨는 단 한 번도 진실을 보려고 제대로 노력한 적이 없어. 그저 어머니의 행동에 삐쳐서 멋대로 해석하고 어리광을 부리는 거야."

재인은 작게 한숨을 내쉬고 말을 이었다.

"민성현 씨. 어머님과 아버님은, 그리고 할아버지는 아무도 죽이지 않았어."

"그럴 리가 없어. 희준이랑 희준이 가족들은 동반자살을 했거든."

"아니."

재인이 민 사장과 조 여사의 얼굴을 한 번씩 돌아본 후, 다시 성현에게로 시선을 고정시켰다.

"민성현 씨의 부모님은 아무도 죽이지 않았어. 그리고…… 애초에 희준이란 사람도, 그 가족들도 죽지 않았고."

재인은 바보 같은 표정을 짓고 있는 성현을 소파에 앉혔다. 그리고 그녀는 그의 옆에 앉았다. 민 사장과 조 여사, 민 회장은 그들의 맞은편에 나란히 앉아 있었다.

"이제부터 저는 조금 버릇이 없어질 거예요. 나중에 용서를 구하겠습니다."

재인이 입을 열었다.

"아버님."

재인의 부름에 민 사장이 깜짝 놀라 허리를 세웠다. 혼나는 학생 같았다.

"희준 씨는 죽지 않았죠?"

민 사장의 눈동자가 민 회장과 조 여사를 향했다가 다시 재인에게로 향했다.

"아니, 죽었다."

"거짓말."

"……."

"희준 씨도, 그의 가족도 죽지 않았어요. 맞죠?"

"아니, 죽었다."

"왜 거짓말을 하시는 거죠? 민성현 씨가 그들이 죽었다고 믿게 만들고 싶으신 건가요? 그렇군요. 왜죠? 민성현 씨를 압박하기 위해서? 아니요. 그건 아니에요. 그렇다면…… 민성현 씨를 보호하기 위해서? 그래요, 그것일 거예요."

그들이 대답하지 않는데도 재인은 혼자서 대화를 진행시켜갔다. 재인의 능력에 대해 알고 있는 그들이지만, 실제로 마주하니 당황한 듯 보였다.

"무엇을 위한 보호일까요? 희준 씨가 민성현 씨를 위험하게 했나요? 음…… 희준 씨의 부모님이 나쁜 사람들이었나요? 민성현 씨에게 물리적 위협을 할 만큼? 그래서 희준 씨와 민성현 씨를 떼어놨어야 했던 거군요."

이제 그들은 숨도 쉬지 못했다.

"민성현 씨의 생각과 달랐군요. 희준 씨의 부모는 정말 위험한 사람들이었던 거예요. 민성현 씨의 목숨을 담보로 무언가를 요구했나요? 그래서 그들에게 그걸 주고, 멀리 떠나게 했던 건가요?"

"희준이에게는."

민 사장이 견디지 못하고 입을 열었다.

"보디가드가 있었지. 사실 그 남자는, 성현아."

"살인청부업자였군요."

성현이 말을 받았다. 조 여사의 표정이 일그러졌다.

"아아, 그랬던 거군요."

성현은 바보가 아니었다. 그리고 무엇보다도 재인의 눈을 믿었다. 지금까지 들은 이야기만으로도 어떤 상황이었는지 퍼즐이 딱딱 맞춰졌다.

희준의 아버지는 살인청부업자를 고용해 희준과 함께 미국으로 보냈다. 성현은 인질이었다.

아마 그는 성현을 인질로 잡았다고 해 두고, 정우 그룹에 무언가를 요구했을 것이다. 민 사장은 그 요구를 들어주는 대신, 두 번 다시 성현의 앞에 나타나지 말라고 해 두었다. 희준 아버지로서는 나쁘지 않은 거래였다. 게다가 희준 아버지는 정우 그룹의 힘도 알고 있었다.

위장자살로 꾸며 사람들의 눈을 속인 그들은, 도망치듯 한국을 떠났다. 정우 그룹에게서 받아 낸 거액의 돈을 손에 쥐고.

"말씀을 안 하셨던 이유는……."

성현의 목소리는 잔뜩 쉬어 있었다.

"싫었다."

조 여사가 떨리는 목소리로 말했다.

"나는 또 내 자식을 잃기 싫었어!"

"……."

"내가 멋대로 너를 손에 쥐는 것 같아서 화가 났니? 그런데 어떡하니? 내 딸을 잃었는데, 또 널 죽이겠다는 놈이 나타났었는데! 그런데 내가 어떻게 했어야 했던 거니? 응?"

"어머니……."

"너까지 잃고 후회를 하느니, 그래, 성현아. 나는 그냥 네게 나쁜 엄마가 되더라도 널 살려두고 싶었어!"

"……."

"그거 아니? 나는 네 누나를 생각하면 아직도 여기가…… 여기가 찢어지고 찢어지고 또 찢어져서 피가 철철 넘쳐. 이 아픔에 또 하나 얹어지는 게 싫고 무서워서, 그래, 내가 널 좀 쥐고 흔들었다. 그런데 그게 그리도 싫고 미웠니?"

"어머니."

"그래, 미웠겠지. 답답하고 싫었을 거야. 그래도 성현아, 그거 아니? 네가 날 아무리 경멸하고 싫어해도 나는! 이 어미는 너를……."

"사랑할 수밖에 없구나, 성현아. 네가 네 여왕을 위해 뭐든 할 수 있듯이, 우리도 널 위해 뭐든 할 수 있어. 설령 네게 미움을 받더라도 무엇이든 할 수 있는 게, 부모 마음이란다."

오열하는 조 여사의 말을 받아 민 사장이 말했다. 성현의 눈시울이 붉어졌다.

무슨 짓을 해 온 걸까.

성현은 한 손으로 입을 가렸다.

나는 대체 무슨 짓을 해 온 걸까.

자신이 한심해서 견딜 수가 없었다.

부모님도 물론이거니와 재인을 볼 낯이 없었다. 누구보다도 부모의 존재를 원했던 재인. 그녀가 볼 때, 오해 때문에 어리광을 부리며 도망만 치는 자신이 얼마나 한심했을까.

손등을 타고 뜨거운 눈물이 흘러내렸다.

축 늘어진 다른 쪽 손을, 재인이 꽉 붙잡았다. 성현이 천천히 시선을 맞추자, 재인은 부드럽게 미소를 지었다.

"이거야."

그녀의 미소는 더없이 사랑스러웠지만, 성현은 가슴이 미어졌다. 이 여자는 얼마나 원했을까. 무슨 짓을 해도 내 편이 되어 주는 부모님을 얼마나 갖고 싶었을까.

“이거야, 민성현 씨.”

재인이 다정한 눈으로 민 회장과 민 사장, 그리고 조 여사를 둘러봤다.

“이게 내가 당신과 함께 그리고 싶은 그림이야.”

〈여왕님 뜻대로 끝〉